中華文化思想叢書

楊樹達訓詁研究

下冊

卞仁海　著

目次

第七章

語源、訓詁研究：楊樹達與章太炎、沈兼士和黃侃

　　近代「章黃學派」和乾嘉「段王之學」一脈相承，後者代表了傳統「小學」的鼎盛，前者則蘊育了「小學」的嬗變——現代語言文字之學。楊樹達之學術根于「段王之學」，又受到同時代的「章黃學派」的沾溉和影響。章太炎生於1868年，比楊樹達長19歲，而楊氏比黃侃長1歲，黃氏又比沈兼士長1歲，黃、沈都師從章氏。楊、章、沈、黃四氏作為近現代語言學轉型時期的見證者和實踐者，既承「段王之學」，又都曾遊學日本，接觸到了西方語言學，學術上都體現出了「中學為體，西學為用」的特點。因此，通過楊氏和章派三氏學術異同的比較，不僅能凸顯楊樹達訓詁的時代特點，更能看出其訓詁的獨到之處。

　　章氏於語源，功在開創，沈氏承之，後出轉精，如果將楊氏的語源研究和章、沈作比，無疑會很有意義；黃侃是近代理論訓詁學的開創者，自詡「當代小學第一人」，楊氏則被陳寅恪恭為「今日赤縣神州訓詁學第一人」，兩相比較，也容易看出楊氏訓詁的特點。

第一節　語源研究：楊樹達與章太炎

一　章氏的影響

　　章太炎（1868-1936），近代語言文字之學的開創者，有《新方

言》、《文始》、《小學答問》、《國故論衡》卷上等專論語言文字類著作。其《文始》是第一部對漢語詞源作全面研究的著作。

　　章太炎和楊樹達同為江戴後學，都有「樸學」學統。章太炎是清末經學大師俞樾的學生，而俞樾私淑高郵。和楊樹達一樣，章氏對高郵王氏推崇備至：「高郵王氏，以其絕學釋姬漢古書，冰解壤分，無所凝滯，信哉，千五百年未有其人也。」[1]楊氏也很推崇章氏之師，曾續補俞氏《古書疑義舉例》。章、楊不僅同受乾嘉學術「聲近義通」的沾溉，而且都曾遊學日本，受西方語言學的影響。章太炎1906至1911年流亡日本，期間舉辦國學講習會，聚徒講學，其語言文字之學也受到了西方語言學和語源學的影響；他在日期間所著的《新方言》（1906年）和《文始》（1909年始撰）就是從語源學角度研究語言文字問題：《新方言》以語根會通方言俗語，進而探尋古音古義；《文始》則借助古聲韻，以「孳乳」、「變易」兩大條例窮究文字語源。因此，有人便說：「章氏通過他的《文始》和《新方言》等著作，將訓詁學引入詞源學和語義學的軌道。」[2]如前所述，楊樹達1905年至1911年遊學日本，其研究也受「歐洲文字語源學 etymology 的影響」。

　　楊氏心儀章氏學識。楊樹達遊學日本期間，適逢章氏聚徒講學，只是由於楊當時以「治歐洲語言及諸雜學」為「當務之急」，放棄了從學章氏的機會。楊氏曾回憶說：「時余杭章君同寓東京，方聚徒講業，予謂是非當務之急，不從遊也。」（《論叢・自序》）回國後楊氏以《古書疑義舉例續補》向章氏請教，章氏謂其「用心亦審」；[3]1932年章、黃至京，楊氏因與章氏弟子吳承仕、沈兼士為摯友的關係，與

1　《章太炎全集》（三）（上海市：上海人民出版社，1984年），頁222。

2　馮浩菲：《中國訓詁學》（濟南市：山東大學出版社，1995年），頁70。

3　楊樹達：《積微翁回憶錄》（上海市：上海古籍出版社，1986年），頁26。

章、黃交往問學頗多；1936年6月，章太炎去世，楊樹達引為知己，
雲：「先生于余多所獎借，有知己之感」，並挽詞雲：「許鄭是經師，
恨我沉吟稽奉手；精專承謬贊，惟將黽勉答深知。」[4]

「聲近義通」的根柢，西方語源學的影響，相似的中、西學背景
使章、楊的語源觀也會略同，試比較：

> 章太炎：餘以寡昧，屬茲衰亂，悼古義之淪喪，潛民言之未
> 理，故作《文始》，以明語原。(《國故論衡·小學說略》)
> 楊樹達：我治文字學的一個重要目的是在求得一些文字的語
> 源。(《述林·自序》)
> 章太炎：世人學歐羅巴語，多尋其語根，溯之希臘、羅甸，今
> 于國語顧不欲推見本始，此尚不足齒於冠根之倫，何有於問學
> 乎？(《新方言序》)又：頃斯賓塞為社會學，往往考查異言，
> 尋其語根。造端至小而所證明者至大。……中國審尋語根，誠
> 不能繁博如歐洲，然即以禹域一隅言之，所得固已多矣。(《與
> 吳君遂書·九》)
> 楊樹達：語言之根柢，歐洲人謂之 etymology，所謂語源學
> 也。蓋語根既明，則由根以及幹，由幹以及枝葉，綱舉而萬目
> 張，領挈而全裘振，於是訓詁之學可以得一統宗，清朝一代極
> 盛之小學可以得一結束。(《論叢·形聲字聲中有義略證》)
> 章太炎：夫治小學者，在於比次聲音，推跡故訓，以得語言之
> 本。(《國故論衡·小學說略》)
> 楊樹達：夫義既生於聲，則以聲為統紀，豈惟《爾雅》《說文》
> 《方言》《廣韻》當為所貫穿哉！舉凡《經籍纂詁》之所纂，

《小學鉤沈》之所鉤，凡一切訓詁之書，將無不網羅而包舉之矣。（《論叢・形聲字聲中有義略證》）又：蓋予循聲類以探語源，因語源而得條貫，其徑程如此。（《論叢・自序》）

《新方言》和《文始》為近代語源學的開山，楊樹達的語源研究自然會受其直接影響。楊氏對《新方言》的評價是：「近世余杭章君妙解語言，精通雅故，撰《新方言》一書。……章氏之書，以古訓稽今語，義主於縱故也。然章君以雅詁通殊語，志在貫縱於橫，與前人之糅合宇宙者殊科，此其所以為獨絕也。」（《述林・論小學書流別》）楊氏又評價《文始》說：「1930年，文法三書成，乃專力於文字之學。初讀章君《文始》，則大好之，既而以其說多不根古義，又謂形聲字不含義，則又疑之。」（《論叢・自序》）在《述林・論小學書流別》中他又說：「余杭章君創為《文始》，尋音求義，間有善言。然其皮傅失真，未能免也。」從楊氏既「好」又「疑」、既「間有善言」又「皮傅失真」的評價中不難看出所受的影響。還可從以下比較中看出：

章太炎：《說文・十一篇下・雲部》雲：「雲，山川氣也，從雨，雲象回轉形。」古文作雲作。者，最初古文，純象回轉。《詩傳》曰：「雲，旋也。」孳乳為囩，回也。又孳乳為沄，轉流也。沄又孳乳為澐，江水大波謂之澐。亦孳乳為芸，芸艸似目宿。淮南王說芸艸可以死複生，取回轉義，蓋與芸權異物。亦孳乳為魂，陽氣也。取回轉義。其混為豐流，渾為混流聲，㑹為大，亦與沄、澐相附也。（《文始》二）
楊樹達：《說文・十一篇下・雲部》雲：「雲，山川氣也，從雨，雲象回轉形。或作雲，古文省雨。又作，亦古文雲。」按

為最初古文，純象回轉形。雲，段君云：「從古文上，象自下回轉而上，」是也。雲則加義旁之後起字矣。雲受形義於回轉，故《詩·小雅·正月》云：「昏姻孔雲。」《毛傳》云：「雲，旋也。」雲孳乳為囩：《六篇下·口部》云：「囩，回也。從口，雲聲。」又孳乳為沄：《一篇上·水部》云：「沄，轉流也。從水，雲聲。」又孳乳為澐：《水部》云：「江水大波謂之澐。從水，雲聲。」按《水部》淪下云：「小波為淪。」《詩·魏風·伐檀》云：「河水清且淪漪，」《毛傳》云：「淪，小風水成文轉如輪也。」小波之輪以轉為義，知大波之澐亦以轉為義也。章君《文始》謂澐孳乳於沄，非是。雲又孳乳為芸：《一篇下·艸部》云：「芸，艸也，似目宿。從艸，雲聲。《淮南王》說：芸艸可以死複生。」章君云「芸取回轉義」，是也。《說文》轉訓連，故雲又孳乳為運，《二篇下·辵部》云：「運，遷徙也。從辵，軍聲。」《呂氏春秋·原道篇》、《釋名·釋天》並云：「雲，運也」，是其義也。運又孳乳餫：《五篇下·食部》云：「餫，野饋曰餫。」杜預注《左傳》謂「連食以為饋」，是也。此皆從雲之回轉義孳乳者也。《素問·陰陽應象大論》云：「地氣上為雲。」虞翻注《易·小畜》密雲不雨云：「坎升天為雲。」故雲又孳乳為魂：《說文·九篇上·鬼部》：「魂，陽氣也。從鬼，雲聲。」《禮記·郊特牲》曰：「魂氣歸於天，形魄歸於地。」蓋地氣之上升者為雲，人氣之上升者為魂，其義一也。此從雲之上升義孳乳者也。章君謂魂亦取回轉義，非矣。（《論叢·說雲》）

二 楊氏的精進

前修未密，後出轉精。陸宗達、王甯二先生說：「從近代開始，漢語字源的研究有了很大的進展，劉師培、楊樹達等先生的著作中，更深入地探討了字源的理論，站在更高的角度來評論傳統字源學的著作，而影響和推動他們研究的，仍然是章太炎的《文始》。」[5]比之章氏，楊樹達的語源研究「更深入」、「站在更高的角度」的原因在於其有以下特點。

（一）材料的使用

1 對待《說文》的態度不同

章氏是有名的宗許大師，其語源研究完全迷信《說文》；楊氏則「批判接受」，他在《答人論文字學書》中說：「樹達近年研討文字之學，于許書不肯過信，亦不欲輕詆，可信者信之，疑而不能決者闕之。其有訂正許說者，必於故書雅記廣求征證，確見其不然，然後言之。若單文孤證，則姑以為假定，不敢視為定論也。」後又補充說：「讀者或將疑余不滿於許君，則大非也。蓋許書為今日根究古義唯一之寶書，吾人賴之甚則望之不免過奢，亦勢之必然也。」（《形聲字聲中有義略證》）因此，楊氏對待《說文》的態度可概括為「一分為二」。

如《文始》認為「壹」為「一」孳乳而來，為專壹之義，本有壺中「氣不得泄」之義，章君說「壹」之義到此為止。但楊樹達《述林・釋壹》首先對許說表示懷疑：

---

5 陸宗達、王寧：《訓詁與訓詁學》（太原市：山西教育出版社，1994年），頁404。

《說文・十篇下・壹部》雲：「壹，專壹也。從壺，吉聲。」按壹訓專壹而字形從壺，形與義不相比附，頗為可疑。同篇《壺部》有字，雲：「壹也。從凶，從壺，壺不得泄，凶也。」《易》曰：「天地壹。」（壹今《易》作絪緼。）徐鍇曰：「壹從壺，取其不泄也。」按楚金取許君下壺不得泄之說以說壹字，似矣，然形義之不相附自若也。段玉裁於字下注雲：「虞翻以否之閉塞釋絪緼，趙岐亦以閉塞釋志壹氣壹，壹之轉語為抑鬱。」按段說當矣，而於壹下專壹之訓絕不致疑，猶為未達也。近人徐灝撰《段注箋》，始雲：「壹之本義為壹，聲轉為抑鬱，閉塞之義也。《孟子・公孫醜》：志壹則動氣，氣壹則動志也。趙注雲：志氣閉而為壹。《左傳・昭元年》：節宣其氣，勿使有所壅塞湫底以露其體，今無乃壹之，則生疾矣。壹皆謂抑鬱閉塞也。」

楊氏又進一步引用《說文》申證，可謂「以許證許」：

壹皆謂抑鬱閉塞也。……餘今更取從壹得聲之噎饐暍四字證明壹之初義焉。《說文・二篇上・口部》雲：「噎，飯窒也，從口，壹聲。」此謂飲食塞喉，氣不得通也。《五篇下・食部》雲：「饐，飯傷濕也，從食，壹聲。」……按饐之言阻遏也，與饐之言壹閉義同，義近故語源亦相近也。……《七篇上・日部》雲：「暍，陰而風也，從日，壹聲。《詩》曰：終風且暍。」《十三篇下・土部》雲：「，天陰沉也。《詩》曰：其陰。從土，壹聲。」此謂大地之氣鬱塞晦霾，或發風，或揚塵也。據本字從壺之形，會以《易系》《左氏》《孟子》之義，征之壹聲類之字，許之壹下誤訓，殆無疑矣。（《述林・釋壹》）

今按：楊氏取從壹得聲之噎、饐、曀、四字，又用《說文》證明其義都有「閉塞」義，即壹之初義，實為語源義。同樣的論證再如：

> 章太炎：《說文》：「反，覆也，從又，厂，反形。」此合體指事也。（《文始》一）
>
> 楊樹達：《說文・三篇下・又部》雲：「反，覆也，從又，厂，反形。」按許君此說，形義不相合。……反者，之或體字也。《說文・三篇上・部》雲：「，引也。從反。」或作。今作攀。反字從又從厂者，厂為山石匡岩，謂人以手攀匡也。（《述林・釋反》）

2 對待古文字材料的態度不同

章氏宗許的同時，其語言研究也排斥甲、金文的利用。他批評說：「世人多喜回遹，刮摩銅器，以更舊常。」（《文始・敘例》）又說：「而世人尊信彝器，以為重寶，皮傅形聲，曲證經義，顧以《說文》為誤，斯亦反矣。」（《國故論衡・理惑論》）對於其時剛剛發現的甲骨文，章氏則更加懷疑：「又近有掊得龜甲者，文如鳥蟲，又於彝器小異，其人蓋欺世豫賈之徒，國土可鬻，何有文字？而一二賢儒，信以為質，斯亦通人之蔽。」

楊氏則是「甲文金文大出，我儘量的利用他們」（《述林・自序》）。試比較：

> 章太炎：《說文》：「幹，犯也，從反入，從一。」按幹頭與戈頭同，雲從反入，實未成字，此合體指事也。然入下雲象從上俱下，反入者從下俱上。（《文始》一）
>
> 楊樹達：《說文・三篇上・幹部》雲：「幹，犯也，從反入，從

一。」按許君說幹字恐非朔義。尋金文《毛公鼎》幹字作，象器分枝可以刺人及有柄之形。……余謂幹當為古兵器之一，……許君訓幹為犯，乃幹之引申義，非初義也。(《述林‧釋幹》)

按：同釋「幹」字，章據許氏之形說義，楊則據金文形解釋，指出許說之誤。楊氏《論叢》、《述林》據甲文、金文探尋語源、語義之處非常多，再如：

《說文‧四篇上‧隹部》雲：「隻，鳥一枚也。從又持隹。從又持隹。持一隹曰隻，二隹曰雙。」樹達按《殷墟書契前編》卷貳雲：「壬子，葛貞：王田於旃，往來亡？絲禦。隻鹿十一。」《卜辭通纂》陸拾壹片雲：「丁亥，葛，貞：王田，往來亡？禽？隻鹿八，兔二，雉五。」金文《楚王酓鼎》雲：「楚王酓戰隻兵銅。」此皆用隻為後世之獲字。《說文‧十篇上‧犬部》雲：「獲，獵所獲也。從犬，蒦聲。」甲文記殷王田獵隻鹿兔雉，隻字正用獵所獲之義，而《說文》訓隻為鳥一枚，全失其初義，《廣韻》之石切之音亦失其音。向非甲文銘刻，則隻字之初義亦終不可知。而今之治文字學者，顓奉許氏一家之言，不敢畔越，何其固也。(《述林‧文字初義不屬初形屬後起字考》)

不利用甲金文等古文字材料自然會影響章氏的語源研究，楊氏就指出：

太炎不治甲文，不知匕為妣之初字，以陰器之匕出於牝牡之

牝，餘據其意推論之耳。(《論叢・積微居小學述林後記》)

有人在和章、黃比較時評價說楊樹達「在用現代科學研究許學的道路上走得更遠」。而楊氏「走得更遠」的原因就在於古文字材料的運用：「資取《說文》以外的文字材料來研究《說文》。……他充分利用甲、金和其他文字資料，在許學研究和甲骨文、金文的研究方面取得了很高的成就。」[6]

3 選用材料的範圍不同

楊氏博證，章氏則局限許說。《文始》孳乳、變易之字均局限在《說文》範圍內，遺漏了《說文》以外的同源字；楊氏曾批評前人的研究在「文字本身中兜圈子」，一部《文始》，也可以說是在《說文》裡面兜圈子。楊氏則利用《說文》但不囿于《說文》，所及同源之字也不局限于《說文》。他說：「今日欲明聲訓，許君書固為要籍，然若單據彼文，不求博證，則勢有不能，吾之真意第在此耳。」(《論叢・形聲字聲中有義略證》)曾運乾也說：「跡其功力所至，大率　釋許書，廣綜經典，稽諸金石以究其源，推之聲韻以盡其變，于許氏一家之學，不敢率為異說，亦不敢苟為雷同。每樹一義，按之字例而合，驗之聲韻而准，證之經典舊文而無乎不洽，六通四辟，周幣旁皇，直令讀者有渙然冰釋，怡然理順之樂。」[7]

如不囿《說文》，廣稽金甲：

《說文・五篇上・兮部》雲：「乎，語之餘也。從兮，象聲上越楊之形也。」按許君以語之餘釋乎，說者通以為語末之詞。

---

6 常耀華：《許學研究綜述》，《辭書研究》1993年第4期，頁41至50。

7 楊樹達：《積微居小學述林曾序》(北京市：中華書局，1983年)，頁1至2。

然愚竊有疑者：《三篇上·只部》雲：「只，語已詞也。從口，象氣下引之形。」《詩·鄘風·柏舟》雲：「母也天只！不諒人只！」此隻字為語已詞之例也。然隻字象氣下引，其為語已之詞固宜也。若乎字形象聲上越揚，而亦為語末之詞，則與義不相比附。乎與只義同而形相反，非其理也。《說文·三篇上·言部》雲：「呼，召也，從言，乎聲。」考之《尚書》及古金文，乎字絕少作語末詞用者，而甲文金文乎字皆用作呼召之呼。甲文雲：「庚午，卜，韋貞：乎師般王於口。」（《凡將齋》藏片）「戊辰，葛，賓貞：乎師般癸大口。」（《後編》上一零頁）「貞乎師般。」（王襄《征人》六十四頁）「乎師般取。」《前編》之四十八頁）「庚寅，葛，貞：乎雀伐獸。」（林泰輔書二之一十五頁。）金文《師戶》雲：「王乎內史吳曰：冊命虎！」《頌鼎》雲：「王乎史虢生冊命頌。」《牧》雲：「王乎內史吳冊命牧。」《豆閉》雲：「王乎內史冊命豆閉。」其他類此之例至多，絕未見有作者，以此知乎本之初文，因後人久借用為語末之詞，乃有後起加言旁之字。古但有乎而無，說金文者往往謂乎為之假，非也。呼招必高聲用力，故字形象聲上越揚，猶曰字表人發言，字形象氣上出也。許君以後起語餘之義為訓，故與字形齟齬不合矣。（《述林·釋乎》）

又以方言證語源，如：

長沙呼軒懤或窗牖中之短木為冈子，橫者曰橫冈子，直者曰直冈子，音如長沙言向外望之望。余初不知其當作何字，今始悟其為牖中網之網字也。（《述林·釋》）

今長沙謂左右兩足分張為開，讀為平音，與字形字義皆相合。……按人兩足分張而行為剌，犬曳足而行為剌犮，皆言其行之不正也。……今長沙尚解足行不正者為剌犮矣。（《述林‧釋步》）

《十三篇下‧力部》雲：「，健也，從力，傲聲，讀若豪。」今長沙人謂之健者曰老，此古之遺語也。（《述林‧釋駿》）

訓瞋大，瞋訓張目，目張則眥大，故從大此，實謂大眥也。門下泰興高松兆雲：「今泰興語謂人張目怒視為，音如偕，與火戒切之音正合。」《說文》雲：「，犬惡毛也，從犬，農聲。」奴力切。余昔寓居北京，甘肅權國慶告餘：字今蘭州語正如此。（《述林‧造字時有通借證》）

又如以語法修辭明語源，如：

《說文‧水部》：「測，深所至也。從水，則聲。」按測有二義：一為動字，一為名字。許訓深所至，亦兼二義言之。《淮南子‧原道篇》注雲：「度深曰測。」此動字義也。動字義而說解雲深所至者。……測又得名字義者，測從則聲，則有準則法則之義。……今人於測第用動字而不知其為名，於深第用為靜字而不知其為動，古人名動相因，動靜亦相因，語本同源，初無二義，特其為異耳。（《論叢‧說測》）

且以文例言之，謹信皆出言之事，猶之愛眾親仁皆接仁之事也。謹為寡言，言寡之中有信不信焉，寡而不信，猶之失德也，故曰謹而信。（《論叢‧釋謹》）

又如以社會政俗明語源，如：

今商人言翻出翻進，雖通俗恒言，正可取證販字得聲之故矣。
又今人恒斥商賈人謂盤剝，或單言盤。販古音如盤，盤即販
也。（《論叢・釋販》）

《周禮・考工記》雲：「四旁，兩夾窗。」……蓋世有五室，
室每方一戶，每戶之旁，以兩牖夾之，故雲四旁兩夾窗。牖在
戶之兩旁，故字從戶甫。義為旁而字從甫，猶面旁之為，水頻
之為浦矣。（《論叢・釋牖》）（按：以古人宮室之制發明文字構
造之由。）

《北史記》高歡謂爾朱榮曰：「聞公有馬十二穀」，用穀量牛
馬，六朝時尚然也。（《述林・釋裕》）

（二）故訓的運用

按照現代語言學的觀點，所謂同源字就是：「凡音義皆近，音近
義同，或義近音同的字，叫做同源字。這些字都是同一來源。或者是
同時產生的，……同源字，常常是以某一概念為中心，而以語音的細
微差別（或同音），表示相近或相關的幾個概念。」（《同源字論》）一
般認為，判定同源字（詞）需三個條件：一是語音相同或相近，二是
語義相近或相關，三是有文獻資料證明。因此，僅僅「聲近義通」還
不能可靠證明同源關係，王力先生就說：「判斷同源字，主要是根據
古代的訓詁。」（《同源字論》）陸宗達先生也指出：「如果我們從文獻
語言的實際出發來解決同源字問題，舛誤就會減少或避免。」[8]

楊樹達多次批評章氏判定同源「多不根古義」，他曾私謂何澤翰
說：「《文始》一書，有如七寶樓臺，微惜基礎未固，其病在不根古

8　陸宗達：《訓詁簡論》（北京市：北京出版社，1980年），頁148。

義。」[9]又在日記中說:「七日。閱章先生《文始》,以柯為戈之孳乳字,殊牽強無理。戈、斧同為器名,斧柄之柯何由受義于戈乎?此類乍看似可通,細勘之則殊不合也。」[10]王力先生批評章氏「意義相差很遠,勉強加以牽合」,[11]當是其「不根古義」的結果。章氏也有據古義說同源孳乳者,較為可信,如:

> 《說文》:「大,天大,地大,人亦大焉。象人形。」對轉寒孳乳為誕,詞誕也。《釋詁》:「誕,大也。」亦與多屬之哆近轉。《詩傳》曰:「哆,大貌。」誕對轉歌孳乳為詑,沇州謂欺曰詑,《詩》曰:「詑詑碩言。」(《文始》之一)

但《文始》有如此類者很少,王力就說:「文始所論,自然也有可采之處,(如以「隧、術」為同源),但是,其中錯誤的東西比正確的東西多的多。」(《同源字論》)

《文始》所及同源字大多沒有文獻語言的證據,如:

> 《說文》:「多,重也。從重夕。」孳乳為,有大度也;為哆,張口也;為,盛火也;為,廣也。多與廣大盛厚義皆相應,故孳乳得此。對轉寒孳乳為亶,多穀也;為,富貌。自此旁轉真又孳乳為腆,設膳腆多也。然多有重義,故又孳乳為眵,重次第物也。眵旁轉支為弟,韋束之次弟也。弟又孳乳為娣,爵之次第也。則由支旁轉為程,程品也。則由支對轉清矣。(《文始》之一)

9 何澤翰:《積微先生與語源學》,《楊樹達誕辰百周年紀念集》(長沙市:湖南教育出版社,1985年),頁136至142。

10 楊樹達:《積微翁回憶錄》,1932年9月7日日記,頁65。

11 王力:《同源字典‧同源字論》(北京市:商務印書館,1982年),頁40。

楊樹達就批評道：

> 《韓非子·解老篇》曰：「多費謂之侈」，此以多釋侈也。《賈子新書·道術篇》曰：「廣校自斂謂之儉，反儉為侈」，此以斂釋儉也。此皆古傳記所記聲訓，精審可信，與梓子同例者也。餘意欲明文字之源，必先取前人成說之可信者彙集之，其有不足，則精思以補其缺，庶為得之，不當強相牽附，如章君《文始》之所為也。（《述林·釋梓》）

楊氏每釋一語源，一般都用大量文獻證明語義，如《論叢·釋慈》：

> 《說文·十篇上·心部》雲：「慈，愛子也，從心，茲聲。」按以聲義求之，許君之訓乃泛言之。若切言之，當雲愛子也。何以言之？《禮記·禮運篇》雲：「父慈，子孝，兄良，弟弟，夫義，婦德，長惠，幼順，君仁，臣忠，十者謂之人義。」又《大學篇》曰：「為人父，止于慈；為人子，止於孝。」《隱公三年·左傳》載石碏之言曰：「君義，臣行，父慈，子孝，兄愛，弟敬，所謂六順也。」又《昭公二十六年傳》載晏子之言曰：「君令，臣共，父慈，子孝，兄愛，弟敬，夫和，妻柔，姑慈，婦聽，禮也。」《墨子·兼愛下篇》曰：「為人父必慈，為人子必孝。」《淮南子·本經篇》曰：「父慈，子孝，兄良，孝順。」其他經籍中以慈孝對言如諸書所稱者不可勝舉。孝為子對於父母之道，姑以子承老為文，而訓為善事父母，然則慈為父母對於子之道明矣。故《管子·形勢解》曰：「慈者，父母之高行也。」《賈子·道術篇》曰：

「親愛利子謂之慈。」是其義也。然茲訓草木多益,與愛子之義絕不相關,而慈徒訓茲聲者,以茲與子古音相同故也。《淮南子・天文篇》曰:「子者,慈也。」《史記・三代世表》曰:「子者慈。」《易・明夷》箕子,劉向讀為荄茲。此以茲訓子者也。《大戴禮・本命篇》曰:「子者,孳也。」《史記・律書》曰:「子者,滋也。」《說文・十四篇下・子部》曰:「子,十一月陽氣動,萬物滋,人以為稱。」此以茲聲之孳乳字訓子者也。

章氏也致信楊樹達說:「慈訓愛子,推其聲義於子,說甚碻。」[12]

(三)「右文」的運用

《文始・敘例》:「《文始》所說亦有專取本聲者,無過十之一二。」章氏解釋說:「昔王子韶軔作右文,以為字從某聲,便得某義,……夫同音之字,非止一二,取義於彼,見形於此者,往往而有,若農聲之字多訓厚大,然農無厚大義。支聲之字多訓傾斜,然支無傾斜義。蓋同韻同紐者別有所受,非可望形為驗,況複旁轉對轉,音理多塗;雙聲馳驟,其流無限,而欲於形內牽之,斯子韶所以為荊舒之徒,張有沾沾,猶能破其疑滯。今者小學大明,豈可隨流波蕩?」今按:章氏舉例不當:農隱含有濃厚的詞義特點;[13]支有分歧

---

12 胡南師大學報編輯部:《楊樹達誕辰百周年紀念集》(長沙市:湖南教育出版社,1985年),頁1。

13 參見李國英:《小篆形聲系統研究》(北京市:北京師範大學出版社,1996年),頁34;劉又辛《「右文說」說》(《文字訓詁論集》)謂農之厚義為假借義,略嫌迂回,不如李說直接。

義，分歧與傾斜語義相因。[14]章氏又舉例說：「形聲之字，有與字義無
關者，如江之工，河之可，不過取工可二聲與江河相近，與字義毫無
關係者也。」（《小學略說》）但（美）張洪明研究認為，江、河分別
得義於工、可所含的大義。[15]

　　關於「聲符含義」，即「聲符示源」，現代有的學者認為「大多數
形聲字聲符都具有示源功能」[16]；「形聲字的聲旁不但能表義，而且是
表義的主體。」[17]但目前的同源關係研究又很難將「大多數」具體量
化（50% 和 100% 之間），王寧先生就說：「傳統訓詁學家對『右文』
涉及形聲字的數量估計很高，認為在《說文解字》中有示源作用的聲
符可以占到 90% 以上，這個估計是否符合事實？在同源字系聯尚未
達到一定數量時，還不能得到進一步證明。」[18]但我們至少可以說，
這個「大多數」要遠大于章氏的「十之一二」，[19]這是因為，造字時諧
聲偏旁相同的形聲字聲音聯想的理據相同，此其一；形聲字是文字孳
乳的結果，而詞語派生和文字孳乳具有相當程度的一致性，此其二。
章氏在《文始》裡大搞所謂「語根」的孳乳，但忽視「右文含義」，

14　參見孟蓬生《上古漢語同源詞語音關係研究》（北京市：北京師範大學出版社，
　　2005年），頁70。

15　《漢語「河」詞源考》、《漢語「江」詞源考》，顏洽茂、鄧風平譯，分載於《浙江
　　大學學報》（社科版）2004年第1期、2005年第2期。

16　黃金貴：《古漢語同義詞辨釋論》；曾昭聰：《形聲字聲符示源功能述論》；殷寄明：
　　《漢語語源義初探》。

17　黃巽齋：《形聲字聲旁表義的幾個問題》，《說文學研究》（第一輯）（新北市：崇文
　　書局，2004年），頁187至203。

18　王寧：《關於漢語詞源研究的幾個問題》，《紀念王力先生百周年誕辰學術論文集》
　　（北京市：商務印書館，2002年），頁174至178頁。

19　黃金貴：「我們主張的聲符含義（一般是早期形聲字），決不是『有的』、『有時』、
　　『少數』，而是普遍、大量的。雖然我們尚沒有確切的量化資料，但至今超過二千
　　的形聲字可知其示源功能，已是不爭的事實。」見《古漢語同義詞辨釋論》（上海
　　市：上海古籍出版社，2002年），頁391。

實乃不可思議。其弟子沈兼士也批評說：「今《文始》全書取本聲者，才及十一，將謂二十三部之通轉，勝於聲母與形聲字自然分化之為可信耶？」又：「舍八千余形聲字自然之途徑，從廿三部成均圖假定之學說，其方法複改弦更張矣。」黃永武案語曰：「《文始》所說，取本聲者才及十一，其意欲上證字源，一蹴而就，當古之典籍未盡歸納，文字資料未盡董理，周秦音系未盡考定，字義引申之先後時代未盡究明，遽舍形聲字自然分化之途徑，而依據韻圖籀繹，其說難以盡信者，誠非妄疑也。」[20]因此，要研究語源，形聲字是一重要途徑，「右文」之說，當取其合理者。何九盈在評價《同源字典》時也說：「講同源字而完全排斥右文說，實不可取。」[21]

如前述，楊氏的語源研究是從懷疑章氏「謂形聲字不含義」開始，又批評章氏說：

> 柬聲及簡聲字皆含去惡存善之義，如、涷、煉、練、鍊、諫皆怡然理順。而《文始》不立柬為綱者，有意避免義從聲類者也。（《積微翁回憶錄》，1947 年 9 月 15 日日記）

楊氏從形聲字入手，以「形聲字聲符往往含義」和「聲符有假借」為理論依據。因此可以說，楊氏是在形聲字的基礎上做語源研究的。

（四）音轉和同源的語音標準問題

章氏聲韻學造詣遠高於楊氏，但其「濫轉」也更為有名，似乎認為音義的聯繫是必然的。如：

---

20 黃永武：《形聲多兼會意考》（臺北市：文史哲出版社，1994年），頁44。

21 何九盈：《二十世紀的漢語訓詁學》，《二十世紀的中國語言學》（北京市：北京大學出版社，1998年）。

《說文・二篇上・止部》雲：「止，下基也。象草木有阯，故以止為足。」案夔、夒皆以止象手足，則止本足也。故《禮》古文有阯，即止之變。引伸乃為基，孳乳為阯，基也。止者不行，故孳乳為峙，峙踱不前也。旁轉幽變易為，筈也。旁轉宵變易為趞，久也。次對轉東孳乳為艘，船筈不行也。讀若，仍入之部。《釋詁》：「止，待也。」故孳乳為待，竢也。待又變易為竢，待也。……時旁轉宵變易為姚，畔也。……其通言止者，對轉蒸則孳乳為懲，也。……水止則清，故對轉蒸孳乳為澂，清也。其在本部孳乳為渚，水暫益止未減也。則專取止義。（《文始》之八）

相比之下，楊氏則收斂了很多：

止，下基也。象草木有阯，故以止為足。樹達按止甲文作，象人足有指之形，之當以足為初義，許訓下基，謂象艸木出有阯，以止足為假借義，非也。止孳乳為企，舉踵也，從人，止聲。或作，雲：古文企從足。按舉踵有雲舉足，企或作，知企即足也。止為被舉之物，乃對象之名，故為受動孳乳也。（《文字孳乳之一斑》）

《文字孳乳之一斑》裡有92組孳乳字，其說孳乳比《文始》可靠的原因在於，楊氏「根古義」，主孳字和被孳字間的意義或相同，或相近，或相因，其根據是故訓（主要是《說文》）；更為重要的是，楊氏所說的每一組孳乳字中，主孳字和被孳字都是聲符字和形聲字的關係（見附錄二），聲音上比《文始》可靠多了。因此，何九盈說：「楊氏從六個方面分析了原始字和孳乳字的同源關係，形音義密合無間，

結論可信。」[22]

同源的「聲同、聲近」標準當如王力所言:「值得反復強調的是,同源字必須是同音或音近的字。這就是說,必須韻部、聲母都相同或相近。」(《同源字論》)但章氏「聲音並不相近,勉強認為同源」。(《同源字論》)章氏分古聲21紐,古韻23部,一幅《成均圖》,就是其韻轉的「公式」。其轉法如下:

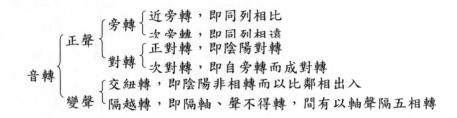

試看其音轉一例:

《文始》二:

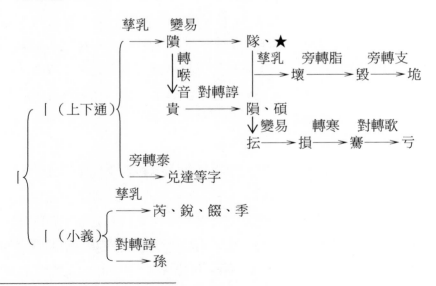

22 何九盈:《中國現代語言學史》(廣州市:廣東教育出版社,2005年),頁517。

　　章氏的音轉，令人眼花繚亂。正如其再傳弟子齊佩瑢所說：「對轉旁轉已不可深信，何況次對轉次旁轉，甚而至於交紐隔越乎？若然則無可不轉了。」[23]再看楊樹達的《論叢・說丨》：

表 22　楊樹達《說丨》

孳乳字	囟				眞	顚	槙		隊		隤		脽		頓	隕	縆	崖	睢	蜼
意義	腦蓋	升高	登車	升天	登天	頂	木頂	卻	墜落	落下	下墜	下傾	下體	下體	下首	下落	上下	高下	仰視	長尾
初文	丨（上行義）							丨（下行義）									丨（下上通）			
受名之故	丨以上行義孳乳之字皆有上義；丨以下行義孳乳之字皆有下義。																			

　　楊氏自己和章氏比較說：「緣章君說丨之孳乳，廣及扢、損、驀、壞、毀、塊諸文，其失既在濫，又不及、、縆、睢、蜼諸文，複嫌於漏。」（《論叢・說丨》）

　　楊氏說音轉，僅限於對轉，作有《古音對轉疏證》、《古音咍德部與痕部對轉證》，相當謹慎。他認為章氏說對轉簡略，不足為證，說：「古音對轉之說，發自孔君巽軒。……今日章太炎先生著《文始》，稍加疏證，仍嫌簡略，承學之士或用此致疑。」（《古音對轉疏證》）楊氏分「六宗」疏證古音對轉，第一微沒痕，第二歌曷寒，第三支錫青，第四模鐸唐，第五侯屋鍾，第六咍德登。加上《古音咍德部與痕部對轉證》中的咍德痕，凡「七宗」。楊氏一般從六個方面進行疏證，如證微痕對轉，其法如下：一、見於韻文通諧者，如《詩》類、君、比為韻，類比在微部，君在痕部，從而說明二部對轉；二、見於文字聲類者，分微部字從痕部聲類、痕部字從微部聲類兩個方面

---

23 齊佩瑢：《訓詁學概論》（北京市：中華書局，1984年），頁129至130。

進行疏證；三、見於文字重文者，分微部字或從痕部聲類字、痕部字或從微部聲類兩端；四、見於經傳異文者，分微部字或作痕部字、痕部字或作微部字兩端；五、見於傳注讀若者，分微部字讀若痕部字、痕部字讀若微部字兩端；六、見於語言變遷者，以故訓材料的語言變異來證明。楊氏疏證方式多端，例證豐富，令人嘆服。

楊氏利用古音說解語源，也很可信，如：

> 扳實為反之後起加旁字。⋯⋯以聲韻言之，（即扳）反同在古韻寒部。《詩・齊風》雲：「四失反系」，反《韓詩》作變。《小雅・賓之初筵篇》雲：「威儀反反」，反反《韓詩》作扳扳。《莊子・秋水篇》雲：「是謂反衍。」《釋文》雲：「反本作畔。」《說文・水部》汳水即汴水，是二字古聲韻同之證也。今人通讀反字上聲，然古自作平音。《漢書・雋不疑傳》曰：「每行縣錄囚徒還，其母輒問不疑：有所平反，活幾何人？」如淳曰：「反音幡，幡，奏使從輕也。」按今雲翻案。又《張安世傳》曰：「何以知其不反水漿邪？」師古雲：「反讀曰翻。」《廣韻》平聲《十三元》附袁切下有反字，雲「斷獄平反」，皆其證也。（《述林・釋反》）

（五）考證同源的方法

章氏說文字孳乳變易，一般是主觀演繹。何九盈說：「在方法論上，《文始》用的是演繹法。」[24]但這種演繹缺乏堅實的證據，往往是「變易又變易，孳乳又孳乳，任意馳騁，流連忘返」。[25]何氏又說：

---

24 何九盈：《中國現代語言學史》（廣州市：廣東教育出版社，2005年），頁514。
25 同上。

「就方法論而言，《文始》對演繹法的運用顯然是過頭了。歸納匯證不夠，同源系聯失誤頗多。」[26]

　　楊氏繼承了高郵王氏歸納與演繹相結合的訓詁方法，其「創通大例」時多用歸納之法，排比證據，如《形聲字聲中有義略證》說「某聲多含某義」即是如此；解釋具體文字語源時則以歸納和演繹相結合。如：

為齒曲，聲
觠為角曲，聲
卷為膝曲，聲
拳為手曲，聲
睠為頸曲，聲
圈為木曲，聲 ⎫
為行曲，雚聲 ⎬ 歸納 ⟶ 聲、雚聲字多含曲義。
為脊曲，雚聲 ⎪
為弓曲，雚聲
權為枉曲，雚聲
鞻為革中辟曲，雚聲
虇為初生草曲，雚聲 ⎭

　　歸納與演繹相結合，如《釋晚》：

---

26 何九盈：《二十世紀的漢語訓詁學》，《二十世紀的中國語言學》（北京市：北京大學出版社，1998年），頁53至90。

頹或作俛，低頭，免聲 ⎫
冕後高前低，免聲　　　｜　　歸納　　　　　　　　　　演譯　晚從免聲，謂日
　　　　　　　　　　　　⎬→免聲字多含低下義 →
浼地低積水，免聲　　　｜　　　　　　　　　　　　　　　低下，故訓莫。
鞔訓履空，為在下之物 ⎭

三　共有的局限

（一）用文字的方法研究語源

　　章氏從《說文》中找出獨體象形、獨體指事字，稱為初文，也即
所謂「倉頡之文」；省體、變體及合體象形、指事或同體重複者，稱
為准初文。初文、准初文凡510個字，分417條。章氏就是以這些初
文、准初文為語根，以孳乳、變易為條例，系聯同源詞。但是，章氏
的初文是字根，用字根來說語根，等於是用研究文字的方法來研究語
言問題。文字和語言畢竟不是一回事，獨體在前，與之對應的詞不一
定出現得更早；合體在後，與之對應的詞不一定出現得更晚。因此，
字源不一定是語源。更何況初文很難判斷，正如王力所說：「語言在
文字之先。可以想像，在原始社會千萬年的漫長歲月中，有語言而無
文字，何來『初文』？文字是人們群眾創造的，並且是不同時期的積
累，決不是有個什麼倉頡獨力創造出一整套文字來。許慎距離中國開
始創造文字的時代至少有二三千年，他怎麼知道哪些字是『初
文』？」[27]即獨體未必是初文，初文也未必是獨體。

　　楊氏的語源研究是從形聲字的「右文」入手的。儘管楊氏突破了
「右文」聲音的局限，提出聲符有假借，但是他系聯的主要還是形聲
字，忽略了一些形聲字以外的同源字；而且他言聲符假借，總是在本

---

27 王力：《同源字典》（北京市：商務印書館，1982年），頁40。

字上孜孜以求，因此，「右文說」的拘牽形體之病在楊氏並沒有全部解決。同時，楊氏把語源擴大到「字義同緣於組織構造同」，「組織構造」是文字問題，不能和語源混為一談。這樣楊氏又從語言問題回到文字問題上去了。何九盈先生評價楊氏的語源研究說：「他基本上還是從文字的角度研究語源，而不完全是從語言的角度來研究語源。」[28]

（二）源流認識的誤區

語源研究，如果能正本清源，固然很好。但是，要做到真正「推源」，傳統訓詁學材料先天不足。傳統訓詁學研究語源，主要依據古聲韻的研究成果和文獻故訓材料，但這些材料只能說明「聲近義通」，一般不能據以找到根詞或源詞。因此，傳統訓詁學的語源研究只能做到歸納和系聯同源詞，而不能辨明源流關係。王力就說：「我們所謂同源字，實際就是同源詞。……同源字的研究，其實就是語源的研究。這部書之所以不叫做《語源字典》，而叫做《同源字典》，只是因為有時候兩個字，哪個是源，哪個是流，很難斷定。」（《同源字論》）傳統訓詁學的語源研究，無論乾嘉段王講「聲近義通」、王力《同源字典》，還是張希峰《叢考》、《再考》乃至《三考》，也都止于同源系聯這一步。要判定源流，就需要和親屬語言、漢語方言等材料進行對比，不過，那是歷史比較語言學的任務：「如果將歷史語源學的研究方法加以延伸和擴展，通過對親屬語言、方言等現有語言事實的比較研究而推求無文獻時期的遠古語言狀況，以已知推未知，就進入歷史比較語言學的領域了。」[29]

---

28 何九盈：《二十世紀的漢語訓詁學》，《二十世紀的中國語言學》（北京市：北京大學出版社，1998年），頁53至90。

29 任繼昉：《漢語語源學》（重慶市：重慶出版社，2004年，頁10）。陳寅恪也認為尋語根要與親屬語言比較，1934年3月6日，陳寅恪致信沈兼士說：「『右文』之學即西洋語根之學，但中國因有文字特異之點，較西洋尤複雜，西洋在蒼雅之學不能通，

　　章氏從字形出發，從《說文》中找到510個「語根」，其實是「字根」。（姑且稱字根，其實是否為字根也很難說清楚。）章氏的研究其實是一種「形源」研究，這種形源的研究可能符合漢語語源的部分事實，那是因為文字和語言有著一定程度的一致性，但這種一致性傳統訓詁學的音義關係材料也無法證明。

　　楊氏也受章氏影響，雲「某孳乳為某」。《文字孳乳之一斑》雖名為「文字孳乳」，其實講的是同源詞。如果講同源，楊氏說「聲近義通」很可靠，幾乎沒任何問題；但說「某孳乳為某」，就回到「形源」的方法上去了。正如王甯評價聲訓時所說：「如果從歷史推源的的角度看，這類聲訓是不合理的，而用平面的系源的觀點來看，這類聲訓顯然是可以成立的。」搞傳統訓詁的人但凡說「某語源為某」，要麼用的是文字的方法，要麼就是主觀演繹。如楊氏《釋》說、同得京聲之雜義，當然沒有問題；後又雲：「則又由孳乳耳。」何以知之？即使從字形上也看不出來。又如《釋伯》認為伯來源於霸：「今謂伯之為言霸也，伯從白聲，猶從霸也。……蓋月之始生者謂之霸，子之始生者謂之伯，造文者引天象於人事也。」但王力《同源字論》的看法則相反：「『五伯』寫成『五霸』以後，就很少人知道『霸』來源於『伯』。」楊氏主觀演繹，王氏則是從文字上找語源。其實從音義上看，只能說明伯、霸同源，哪個是語源，很難說清楚。

故其將來研究亦不能有完全滿意之結果可期；此事終不能不由中國人自辦，則無疑也。然語根之學實一比較語言之學。讀大著所列諸方法外，必須再詳考中國語同系諸語言，如西藏、緬甸語之類，則其推測之途徑及證據，更為完備。此事今日殊不易辦，但如德人西門，據高本漢字典，以考西藏語，便略有發明。西門中國學至淺，而所以能有多少成績者，其人素治印歐比較語言學，故於推測語根分化之問題，較有經驗故耳。總之，公之宗旨、方法，實足樹立將來治中國語言文字學之新基礎，若能再取同系之語言以為證之資料，則庶幾可臻於完備之境域也。」（《沈兼士學術論文集》，北京市：中華書局，頁183。）

（三）沿襲許誤

　　章氏過分迷信《說文》，有些說解《說文》搞錯了，章氏也沿襲其誤；楊氏在個別字的說解上也犯章氏同樣的錯誤，如說「為」字：

　　　　章太炎：《說文》：「為，母猴也。其為禽，好爪，爪，母猴也，下腹為母猴形。」古文作，象母猴相對。此純象形也。對轉寒變易為「蝯」，善援禺屬（禺，母猴屬也）。母猴好爪，動作無猒，故孳乳為「偽」，詐也。詐偽猶作為，對轉寒孳乳為「諼」，詐也，禺「幻」相系。為之有法，孳乳為「儀」，度也。轉寒為「援」，履法也。（《文始》一）

　　　　楊樹達：《說文·八篇上·人部》雲：「偽，詐也。從人，為聲。」按《三篇下·爪部》雲：「為，母猴也。其為禽好爪。」好爪者，言其喜動作，故為引申為作為之為，又引申為詐偽之偽，又引申為偽言之偽，皆受義於母猴之為。……母猴謂之為，又謂之蝯，又謂之狙。引申之，動作謂之為，又謂之詐。更引申之，詐偽謂之偽，又謂之詐，又謂之蝯，偽言謂之偽。（《論叢·釋偽》）

　　按：《說文》釋「為」字之誤見本書第九章第二節之《個案商榷》。
　　　再如「也」字：

　　　　章太炎：《說文》：「也，女陰也。從乁，象形，乁亦聲。」此合體象形也。秦刻石作，孳乳為地，重濁陰為地，古文地當只作也，猶天本訓顛字，引申為蒼蒼之天。人體莫高於頂，莫下于陰，故以題號乾坤。其後孳乳為地。（《文始》一）

楊樹達：《說文・三篇下・攴部》雲：「▯，敷也，從攴，也聲。讀與施同。」樹達按《說文》攴字訓小擊，故凡從攴之字皆含用力動作之意。……從也者，也《說文》訓女陰，象形。據形求義，當為人于女陰有所動作，蓋男子禦女之義，許君訓敷，非初義也。……也訓女陰，宋元以來學者疑之，蓋以其猥褻，此腐儒拘墟不達之見也。（《述林・釋▯》）

按：《說文》釋「也」字之誤見本書第九章第二節之《個案商榷》。

不過，章氏沿襲許誤「一以貫之」，楊氏則「偶一為之」。[30]楊氏雖對傳統訓詁「批判接受」，以甲金文證字源名家，但他處於中國語言學的轉型時期，所受傳統訓詁影響太深，要完全擺脫《說文》的窠臼，實難苛求。

第二節　語源研究：楊樹達與沈兼士

沈兼士（1887-1947），主要從事文字訓詁研究，以「語根字族」之學創獲最高。留日期間受業于章太炎，有關詞源學和訓詁學的論文，以《右文說在訓詁學上之沿革及其推闡》（下簡為《推闡》）、《聲訓論》、《研究文字學「形」和「義」的幾個方法》三篇影響最大。

20世紀30年代初，沈氏任教于北大，楊氏任教于清華。楊與沈為摯友，沈被楊引為「同時同地同好」，雲：「兄治右文，弟研聲訓，同時同地同好。」（《論叢・沈序》）楊、沈二氏在文字語源研究上切磋相益，楊在給沈的信中說：「語源之事，重要萬分，環顧海內，談及

---

30 何九盈先生僅據楊氏釋「偽」之誤，便雲「他的失誤與章炳麟相同」，失之於以偏概全。見《中國現代語言學史》（廣州市：廣東教育出版社，2005年），頁517。

此事者，尚未有聞。弟與兄趣向相同，又幸同居一地，切磋必可相益。」[31]

沈、楊的語源研究均為章氏的後出，因而二者轉精之處頗多略同，但也有體現他們治學特點的不同之處。

一　略同的轉精之處

（一）右文觀

1 從右文入手研究語源

如前述，楊氏從形聲字入手研究文字語源，說：「語源存乎聲音，《說文解字》載了九千多字，形聲字占七千多，占許慎全書中一個絕大部分；所以研究中國文字的語源應該拿形聲字做物件，那是必然的。」（《述林·自序》）沈氏利用形聲字研究語源主要在以下幾個方面：

一是利用諧聲系統進行「字族」研究。沈氏總結自己的語言文字研究有兩個傾向，一是「意符之研究」，一是「音符之研究」，其目的是要為「建設漢語字族學張本」（《聲訓論》）。沈氏《廣韻聲系》即是「張本」之作，《廣韻聲系》按《廣韻》字之諧聲系統編纂而成，雲：「今草此編，就《廣韻》每韻中取其聲母為綱，凡從之為聲者依次件系於下。其流衍之勢，出入之數，務使別白詳晰，一覽無遺。庶幾縱可以洄溯千餘年聲母遞次轉變之軌跡，橫可以鉤稽二百六韻分合相互關係。」（《廣韻聲系敘及凡例》）又說：「欲作字族之研究，又非先整理形聲字之諧聲系統不可。」（《編輯旨趣》）此書的語源學價值

---

31 沈兼士：《沈兼士學術論文集》（北京市：中華書局，1986年），頁182。

頗大，陳垣先生曾序評說：「今觀此書，於古今文字蕃衍變易之跡，均已彰示無遺，即形聲音義相關之理，亦可緣類而求，其有功于小學者匪淺。」

二是利用「右文」[32]探尋「語根」。楊氏雲「循聲類而得語源，因語源而得條貫」，沈氏則說「訓詁家利用右文以求語言之分化，訓詁之系統，固為必要」。(《推闡・諸家學說之批評與右文之一般公式》)沈氏認為「右文」是求語根之一重要途徑，說：「中國文字雖已由意符變為音符，然所謂音符者，別無拼音字母，只以固有之意符字借來比擬聲音。音托於是，義亦寄於是。故求中國之語根，不能不在此等音符中求之。」(《推闡》之八)

三是利用「右文」矯正聲訓之流弊。沈氏把古代聲訓分為兩類，即泛聲訓和同聲母字相訓釋。就所涉範圍而言，沈氏認為泛聲訓>同聲母字相訓>右文，而右文謹嚴的原因在於「右文須綜合一組同聲母字，而抽繹其具有最大公約數之意義」。因此，「古代聲訓，條件太簡，故其流弊，易涉傅會。矯正之方，端在右文」。(《推闡・引論》

林語堂先生曾致信沈氏說：「右文誠然為研究語根之終南捷徑。」[33]楊、沈的語源研究均從右文入手，不約而同地利用了這一「終南捷徑」。楊氏《論叢》、《述林》利用形聲字系聯了大量的同源詞，一字一義，旁徵博引，注重實證；而沈氏則注重系統歸納和總結，在理論推闡上更勝一籌。

---

32 沈氏沿用「右文」之名，其實有別于傳統「右文」：「形聲字不僅聲母在右，謂之為右文，本不甚洽，今姑仍之，取其為熟語易曉耳。」見《推闡・引論》(北京市：中華書局，1986年)。

33 沈兼士：《沈兼士學術論文集》(北京市：中華書局，1986年)，頁180。

2 右文含義

如前述，楊氏的語源研究以「形聲字聲符往往含義」和「聲符有假借」兩端為理論依據。沈氏在《推闡》中提出治右文的兩條原則：（一）於音符字須先審明其音素，不應拘泥於字形；（二）於音素須先分析其含義，不當牽合於一說。並以此為理論基礎提出「右文含義」的七種「表式」，茲和楊氏比較如下表：

表 23　沈兼士與楊樹達「右文」理論比較

	沈兼士		楊樹達
右文之一般公式	單式 複式 } 音符 { 音符即本義 音符僅借音 { 有本字者 無本字者		形聲字聲符往往含義；聲符有假借
本義分化式	一個音符的本義分化為不同的詞。如斯分化為澌澌等		曾有益義，故從曾聲之字多含加益之義。（《釋贈》）
引申義分化式	一個音符的輾轉引申。如皮聲引申為加被義和分析義，分析又引申為傾斜義		弦張於弓則急，故弦引申有急義。《說文》：「，急走也，從走，弦聲。」（《釋弦》）
借音分化式	音符為借音，其分化詞從借音之義。如濃膿有濃厚義，而農本無此義		形聲字聲符有假借
本義、借音混合分化	一音符既有本義引申，又有借音引申。如非聲分五個系列中，只有分違義為本義，其餘均為借音		
複式音符分化式	兩個以上的同義音符分化發展的情況。如今聲、音聲、鹹聲、合聲等12		赤聲、者聲、朱聲、叚聲字多含赤義

沈兼士		楊樹達
	音符多有禁持蘊含義，其中今聲、音聲為借音，余為本義	
相反義分化式一個音符的分化詞，分為兩個相對的反義系列。如亢聲有高上義，又有相反的窪下義	同根反訓：其以相近或相反之義轉變者：子之于孫……（按：此例為相近）貧之于富。（《論叢・古音咍德部對轉證》）	

　　沈氏于右文含義，高度概括，不愧為右文之說的集大成者，其一般公式和六種分化之式，賅全了右文和滋生詞間的音義源流關係。[34] 沈氏所列右文含義之六現象，楊氏多有涉及，只是楊氏注重微觀考求，溫故知新，於實證用力較多；沈氏不拘泥本字本義，綜合歸納，縱橫旁達，多宏通大旨。如沈氏認為音符借音可以有本字，也可無本字，如「吾」分化為「明義」的一組「悟、晤、寤」就屬借音無本字分化，只是由於他們具有「最大公約數之意義」，沈氏便把他們系聯為一族；楊氏每釋一字，或從其聲符字覓義，或另求聲符假借之本字，唯此才算覓得語源，其實證之風也可見一斑。

（二）《說文》觀

　　如前述，楊氏利用《說文》而不囿《說文》。其用金甲文字參驗

---

34 孫雍長《訓詁原理》，語文出版社1997年版：「在沈氏之前或之後，雖不時有學者就『右文』現象的表義問題提出看法，大抵不出沈氏七種『表式』的範圍。」

《說文》以求古文之真，用古書音義參驗《說文》以探語源。[35]

　　沈氏的語源研究也不泥于《說文》，他說：「《說文》本為一家之言，其說字形字義，未必盡與古契（漢魏六朝《蒼雅》字學為派不一）。自宋以來，小學漸定一尊于《說文》。及清而還，訓詁家更尊其說解以為皆是本義，殊為偏見。今研右文，固不能不本諸《說文》，然亦宜旁參古訓，鉤通音理，以求其縱橫旁達之勢。諸家多囿于《說文》，其所得似未為圓滿。」（《推闡》）《聲訓論》將審辨聲訓義類之法別為七類，首條便是「用卜辭金文校正篆體以明其形義相依之理」。

　　楊、沈的語源研究依據《說文》而不泥于《說文》，廣稽甲金文字及古訓，參驗《說文》，嚴格考辨，以進行文字探源，比章氏進步科學。

（三）聲訓、探源方法

　　楊氏認為「語源存乎聲音」（《述林‧自序》），沈氏則說「語有義類，實為聲訓成立之主要原因」。（《聲訓論》）楊氏作《釋名新略例》，該聲訓之大例；

> 　　沈氏作《聲訓論》，明聲訓義類分例：《釋名新略例》：《釋名》音訓大例有三：一曰同音，二曰雙聲，三曰疊韻。其凡則有九：一曰以本字為訓，二曰以同音字為訓，三曰以同音符之字為訓，四曰以音符之字為訓，五曰以本字所孳乳字為訓，此屬於同音者也。六曰以雙聲字為訓，七曰以近紐雙聲字為訓，八曰以旁紐雙聲字為訓，此屬於變聲者也。九曰以疊韻字為訓，此屬於疊韻者也。

35　參見李建國：《漢語訓詁學史》（上海市：上海辭書出版社，2002年），頁321。

《聲訓論》：聲訓義類分例：一曰相同，二曰相等，三曰相通，四曰相近，五曰相連，六曰相借，一、二兩類，略當于章先生《文始》之變易，三、四、五三類相當於《文始》之孳乳，第六類則音近通借之比，貌似聲訓而實非者也。上述六類，所有聲訓，大氏不能逾其範圍。

楊氏以聲類為綱，正如沈氏所評：「雖未能盡舍字形，要以聲音為主。」又說楊氏「可謂知聲訓之本矣」。（《聲訓論》）沈氏以義類為綱，所分義例是對其師「音義相讎，謂之變易；義自音衍，謂之孳乳」語源思想的具體闡釋；把「音近通借」（通假）排除在聲訓之外無疑是很正確的；沈氏又在後文中補述聲訓之「頗有不易知者」：一為讀音似不相近而實為聲訓者；二為貌似聲訓而義類未必相近者。可見，沈氏的聲訓義類分例音義結合，比楊氏以「聲音為主」更能符合聲訓的實質。（當然，楊氏僅限於為《釋名》聲訓作「略例」。）

楊氏在《述林・自序》以「六綱」、「五事」概括其治文字語源的方法，並雲以六綱為經、五事為緯，「交錯推衍，以之說字，往往左右逢源，無往不利」；沈氏《聲訓論》則以「體驗所得」，用「七法」總結審辨聲訓義類之法。茲引楊、沈自述其方法，試加比較，耐人尋味：

表 24　沈兼士與楊樹達語源研究方法比較

沈兼士	楊樹達
餘近年來研究語言文字學有二傾向：一為意符之研究，一為音符之研究。……二者要皆為建設漢語字族學張本。（《聲訓論》）審辨聲訓義類之法： 　一、用卜辭金文矯正篆體以明其 　　　形義相依之理。	我研究文字學的方法，是受了歐洲語源學的 etymology 的影響的。……我後來治文字學，儘量地尋找語源。 　「六綱」： 　第一，受了外來的影響，因比

沈兼士	楊樹達
二、本初意符字形音義不固定之原則以溯義類之源。 三、用右文法歸納通諧聲字之義類。 四、籍聲母互換之法以索義類之隱。 五、據經典異文以證其義類之通。 六、由音讀之聲類韻部以斷定義類表示之傾向。 七、籍連綿詞輔助推測詞義之引申。（《聲訓論》） （聲訓）條件為何？須以同聲母字為聲訓物件之範圍（當然包括聲母與形聲字相訓釋在內）。（《推闡》） 大抵義類相通之語，於義為引申，故其指示事務之範圍輒相表裡（亦有相反為義者），於形為孳乳，故其構成形體之偏旁多相類似也。（《聲訓論》） 蓋中國文字演進之程式，有二階段：先為意符字─象形，指事，會意，後為音符字─形聲，轉注，假借。（《推闡》） 語詞分化，自亦有其特別之法，……其類別約可分為四：A.語根之外增加形旁而音不變者；B.語根之外增加形旁而音有雙聲疊韻轉迤者；C.由一語根分化他義而以另一雙聲或疊韻之字表之者；D.由單音語根表為複音語詞者。（《推闡》）	較對照有所吸取。第二，思路開闊了，前人所受的桎梏，我努力掙扎擺脫他，務求不受他的束縛。第三，前人只作證明《說文》的工作，如段玉裁、桂馥皆是，我卻三十年來一直作批判接受的工作。第四，段氏于《說文》以外，博涉經傳，所以成績最高，其餘的人大都在文字本身兜圈子。我於傳注之外，凡現代語言及其它一切皆取之做我的材料，故所涉較廣。第五，古韻部分大明，甲金文大出，我儘量地利用他們。第六，繼承《蒼頡篇》及《說文》以來形義密合的方法，死死抓緊字形不放。 「五事」： 一曰形聲字中聲旁往往有義。二曰文字構造之初已有彼此相通借的現象。三曰意義相通的字，他的構造往往相同或相類。四曰象形指事會意形聲四書的字往往有後起的加旁字。五曰象形指事會意三書的字往往有後起的形聲字。（《述林·自序》）

當然，單從以上楊、沈自述還不能盡明他們方法的略同之處。但利用形義相依之理；不囿《說文》、以卜辭金文參驗《說文》；從右文入手，系聯諧聲偏旁；用聲母互換求形聲字之語源義；音義結合，利用古聲韻、因聲求義，借文字孳乳以明語言分化之跡，這些都是他們的語源研究共同應用的方法，也是他們高於章氏的地方。

二 學術旨趣的不同

（一）楊氏：「溫故知新」

楊氏的語源研究，其特點可概之為「溫故知新」。楊氏曾作《溫故知新說》，談的是治學方法，認為有兩端均不足取：一為溫故而不能知新，其病也庸；一為不溫故而欲知新，其病也狂。楊氏認為自己得「溫故知新」之旨，舉例說：「餘往年讀《釋詁》，見弘宏皆訓大，因悟雄字得義於大，又因雄而知雌受義於小，遂得《釋雌雄》篇。」的確，楊氏本乾嘉「聲近義通」，承其樸學實證之風，又得西方語源學理論，在微觀的一字一義的考求中能根據古音古義，排比歸納故訓，發明頗多，又在「聲符假借」上求得本字，創獲亦多。

（二）沈氏：理論推闡

沈氏的語源研究則以理論推闡見長。其代表作《推闡》，洋洋六萬餘言，分析右文源流，批評各家得失，區別右文聲訓，總結右文公式和右文于訓詁之應用，一改傳統「右文說」理論薄弱和陳腐相因之風氣。他批評說：「諸家所論，或偏重理論，或僅述現象，或執偏以該全，或舍本而逐末，若夫具歷史的眼光，用科學的方法，以為綜合歸納之研究，殊不多觀。」（《推闡》之六）《聲訓論》評判聲訓源

流，解釋聲訓原理，以「六類」概括聲訓義類，以「七法」審辨聲訓，抽繹歸納，多宏觀大旨。

正基於此，沈氏對於語源有著很深刻的認識，如他論述語根和形聲字的關係：

> 語根之分化語詞，雖與形聲有關，而不能即是一事，形聲為演繹的，而推語根為歸納的。此外：
>
> A.音符不盡為語根，即主諧字不皆為語根，被諧字不皆為語詞。
>
> B.同一主諧之音符，有在此形聲字為語根而在彼形聲字非語根者。
>
> C.本音符非語根，別有一與此音符同音之字為此語詞之語根者。
>
> D.同一語根，有時用多數音符表之者。
>
> E.語根之與語詞，有不取音符與形聲字之關係，而別以一字音近字為之者。（《推闡》之八）

沈氏對文字和語言、字根和語根的關係有著比章氏、楊氏更為明晰的認識：

> 語根者，最初表示概念之音，為語言形式之基礎。換言之，語根系構成語詞之要素，語詞系語根漸次分化而成者，此一般語言之現象也。（《推闡》之八）
>
> 近世學者推尋中國文字之原，約得三說：一于《說文》中取若干獨體之文，定為初文，由是孳乳而成諸合體字，此章氏《文始》之說也。一於古文字中（包括卜辭金文）分析若干簡單之形，如·一︱ x……等體，抽繹其各個體所表示之意象，而含有此等象形體之字，其義往往相近，是此等象形體即可目之為

原始文字，余曩曾主張此說……一即餘近所主張之「文字畫」。然三者所論皆是字原而非語根。且前二說近於演繹法，其弊易流于傅會。(《推闡》之八)

語根之分化語，與本義之與引申義不同。後者以形不變為原則（包括「四聲別義」法在內），前者則以形變為原則。語根之分化語，與轉注字不同。後者因音變而後變其形，義固相同也。前者則以意義之轉變為前提。(《推闡》之八)

有人批評說：「沈、楊二氏的右文包含著一個不大為人察覺的矛盾：對古音的瞭解使他們跳出右文說拘牽形體的圈子，而右文之名的沿襲卻使他們最終陷入拘牽形體的泥坑。」[36]但這在當時，也許是更為穩妥的權宜之計：傳統聲訓，傅會失真，章氏濫轉，已多有詬病；以當時的語源認識和研究水準，局限一個或幾個聲符，取其「最大公約數之意義」，也許更令人信服。沈氏對此也有解釋：

餘以為審形以考誼，似不若右文就各形聲字之義歸納之義推測古代之字形（表）與語義（裡）為較合理，此餘所以推闡右文之故也。(《推闡》之八)

中國文字雖已由意符變為音符，然所謂音符者，別無拼音字母，只以固有之意符字借來比擬聲音。音托於是，義亦寄於是。故求中國之語根，不能不在此等音符中求之。(《推闡》之八)

除此之外，沈氏更有亡羊之慮，說明他對這種關係認識更為明

---

36 孟蓬生：《上古漢語同源詞語音關係研究》（北京市：北京師範大學出版社，2001年），頁72。

晰：「惟拙著所述為訓詁的研究，而非言語的研究，故不能拋開文字，專論聲音。」

關於楊、沈的治學特點，可用李建國先生之語概括：「沈氏受西學影響很深，偏重於理論的推闡，規劃程式，制定大法，語多宏觀大旨；而楊氏則本溫故知新之義，致力於根柢，注重實證，一字一義，考據精詳，規律謹嚴，文如雕欄玉砌。他們二人異曲同工，相得益彰，同為現代語言學上的訓詁大家。」[37]

第三節　訓詁、語源研究：楊樹達與黃侃

黃侃（1886-1935），著名國學大師，文字、音韻、訓詁學家。早年留學日本，參加同盟會，自1907年（留日期間）始師事章太炎受小學和經學，其學頗得師傳，又有獨創，與其師一起，同為「章黃學派」的代表人物。黃侃一生務教尚述，著作不多，受業弟子整理其授課筆記和手批文獻典籍，廣傳其學。已出版的有《文字聲韻訓詁筆記》（黃焯整理）、《黃侃論學雜著》、《說文箋識四種》、《爾雅音訓》、《文選平點》等。[38]

楊氏認為黃侃學在文字、音韻，他說：「在我同時代的文字學者中，如黃侃，如錢玄同，都是治文字學的。不過，他們搞音韻的功夫多，義訓方面的功夫少。只有沈兼士一人是專治訓詁的。」（《述林・自序》）其實，黃侃在訓詁理論、語源研究上都取得了很高的成就：其語源之學承其師業而後出，其《訓詁學講詞》則直接為現代訓詁學的理論體系奠基。黃侃之學遠紹漢唐、近承乾嘉，重師承而不為所

---

37 李建國：《漢語訓詁學史》（合肥市：安徽教育出版社，1986年），頁324。

38 黃侃哲嗣黃延祖全面整理黃侃著述，主持編輯《黃侃文集》，2006年已由北京市中華書局出版，包括《國學講義錄》、《文選平點》、《爾雅音訓》、《說文箋識》等十餘種。

囿，博約而多獨創。學術背景的略同自然帶來楊、黃學術的頗多可比較之處，許嘉璐先生就曾提示說：「如果現在有誰能對楊（樹達）、黃（侃）的學術（如《說文》學）作一比較的研究，探討他們的同與異的原因，也一定會給大家以許多啟發的。」[39]

一　訓詁理論與實踐

（一）訓詁學體系：《訓詁學講詞》和《訓詁學講義》

　　黃侃第一次建立了初具規模的訓詁學理論體系。他先後任教於北京大學、中央大學、金陵大學等校，講授文字、音韻、訓詁等課程。黃侃講授訓詁學有專門的講義，黃焯手抄的《訓詁學講詞》（1928）就是其講義提綱。《訓詁學講詞》包括「訓詁述略」和「十種小學根柢書」兩部分，其內容已經形成了初具規模的訓詁學教學體系，也正是這一教學體系，奠定了現代訓詁學的理論基礎。

　　如前述，楊氏曾在多間高校任教，講授文字語源、專書訓詁等，將教學和學術結合是其治學特點。楊氏20世紀40年代初在湖南大學講授訓詁學，就有《訓詁學講義》保留下來。茲可將《訓詁學講詞》和《訓詁學講義》作一比較。

---

39 許嘉璐：《蒼史功臣，叔重諍友——〈說文〉楊氏學述略》，《楊樹達誕辰百周年紀念集》，頁65至80。

表 25

黃侃	楊樹達
《訓詁學講詞》提要 訓詁述略： 　　訓詁之意義 　　訓詁之方法 　　本有之訓詁與後起之訓詁 　　獨立之訓詁與隸屬之訓詁 　　義訓與聲訓 　　說字之訓詁與解文之訓詁不同 　　說文之訓詁必與形相貼切 　　以聲韻求訓詁之根源 　　求訓詁之次序 　　聲訓 　　聲訓分類 十種小學之根柢書： 一、爾雅二、小爾雅三、方言四、說文五、釋名六、廣雅七、玉篇八、廣韻九、集韻十、類篇 　　詁者，故也，即本來之謂。訓者，順也，即引申之謂。訓詁者，以語言解釋語言之謂。……論其方式有三：一曰互訓，二曰義界，三曰推因。（《國學講義錄・訓詁學筆記》）	《訓詁學講義》提要一、訓詁學之意義 　　甲、訓詁 　　乙、訓詁學 取古人訓詁之法式，抽其統緒，釋其條理，說明其情狀則所謂訓詁學也。 二、訓詁學之內容 　　天、本義和引申義 　　地、訓釋語五類 　　一、探源為訓凡語必有根源，根源為何，即語言受聲之故也。假定造字時由甲而生乙，則乙字受聲與甲，今欲明乙字之義，但舉甲字為訓而其義已明，此所謂探源為訓也。 　　二、舉形為訓造字者因義而附形，故說字者可因形以求義，此舉形為訓之所由來也。 　　三、剖實為訓字有須詳說其事而義始明者，所謂剖實為訓也。 　　四、同義為訓甲與乙相等，欲明甲字之義，即以乙字訓之，此訓詁中最簡明之法也。 　　五、說類為訓訓釋者於名物之字不詳說其事實形狀，唯稱舉類以明之。 　　三、訓詁學之形成

黃侃	楊樹達
	四、訓詁學之演變 （一）楊雄《方言》（二）許慎《說文》（三）劉熙《釋名》（四）宋朱子（五）清王念孫引之父子 1.了徹音義相通之故2.能鉤古義之沉3.審句例4.審詞氣 五、訓詁學之貢獻

由以上可見，黃、楊的訓詁學體系既有略同之處，又各有特點。

1 區別了訓詁和訓詁學，明確了訓詁學的研究物件

黃氏認為「真正之訓詁」就是「以語言解釋語言」，包括「以此地之語釋彼地之語」和「以今時之語釋昔時之語」。（《訓詁學筆記》）黃氏還認為訓詁學作為「學」，應「有系統條理」，就是要「論其法式，明其義例，以求語言文字之系統和根源」。（《訓詁學筆記》）楊氏在其講義中明確列出「訓詁」和「訓詁學」，並雲：「取古人訓詁之法式，抽其統緒，釋其條理，說明其情狀則所謂訓詁學也。」

2 訓詁的類別

黃侃將訓詁分為「本有之訓詁」和「後起之訓詁」，「本有之訓詁」指的是釋本義，「後起之訓詁」指的是釋引申義，這和楊氏「訓詁學之內容」中的「本義和引申義」相當。

黃氏又有「獨立之訓詁與隸屬之訓詁」、「說字之訓詁與解文之訓詁」之分，「獨立之訓詁」、「說字之訓詁」即脫離語境、通釋語義的訓詁；「隸屬之訓詁」、「解文之訓詁」即隨文釋義的訓詁。[40]至今很多

---

40 黃氏又說：「小學之訓詁貴圓，經學之訓詁貴專。」（《訓詁學筆記》）「圓」、「專」

訓詁學理論著作仍然沿用這種分類。楊氏「訓詁學之演變」中的「審句例」和「審詞氣」也接觸到了這種分類。

3 訓詁的方式、方法

關於訓詁的方式，黃侃「論其方式有三」：「一曰互訓，二曰義界，三曰推因。」「互訓」實際就是直訓，「義界」就是下定義，「推因」就是以聲音推求語源，即「凡字不但求其義訓，且推其字義得聲之由來，謂之推因」。(《訓詁學筆記》)互訓、義界屬於義訓，推因屬聲訓，而「說文之訓詁必與形相貼切」則指形訓。楊氏講義中的「訓釋語五類」也有和黃氏類似的表述：形訓，即其所謂「舉形為訓」；聲訓，即所謂「探源為訓」；義訓包括「剖實為訓」、「同義為訓」和「說類為訓」。

4 黃、楊的訓詁體系各有特點

黃氏《訓詁學講詞》分「訓詁述略」、「十種小學之根柢書」兩部分，前者講訓詁學理論，後者是訓詁專書，首次將訓詁學和訓詁文獻分離，體現了黃氏的學科自覺。「訓詁學科與其文獻的分離，是訓詁學作為一門學科出現的一個重要標誌。」[41]楊氏《講義》「訓詁學之演變」列有漢代三部書、宋朱子和高郵王氏五端，是很有學術史的眼光的：漢代三部書包含訓詁內容或方式的變化，宋朱子是訓詁之風的根本改變，高郵王氏則是傳統訓詁發展的顛峰；尤其是以「了徹音義相通之故」、「能鉤古義之沉」、「審句例」、「審詞氣」四端概括高郵訓詁，可謂得其精要。

之說就包含這種分類。小學為解經服務，小學之圓，在於可以通釋各經；經學之專，在於具體解釋經義。

41 楊光榮：《黃侃與現代訓詁學》，《語文研究》2000年第2期，頁45至47。

　　黃氏於「訓詁學」之學科理論，篳路藍縷；楊氏繼之，也提出自己的理論體系。他們強烈的訓詁學理論觀念，體現了他們的學科自覺，也說明建立獨立、完整的訓詁學學科已成為楊、黃時代的要求；而他們粗略的學科理論也為後來更為成熟的訓詁學著作的問世準備了條件。

（二）漢字形義理論：筆意、筆勢說和形義密合說

　　黃氏在其師太炎「筆意」說的基礎上提出了「筆意、筆勢說」。「太炎先生根據《說文敘》『厥意可得而說』的論斷，設立了『筆意』這一術語。」[42]造字之初，據義繪形，字義和詞義一致，此時字形顯示造字意圖，即所謂「筆意」。「所謂『筆意』，就是保存了原始造字意圖的字形。只有在『筆意』的情況下，漢字的形義才是統一的。與『筆意』相對的是『筆勢』。『筆勢』指文字書寫作勢、經過演變後脫離了原始造字意圖而筆劃化了的字形。『筆勢』不可用來說義。」[43]黃氏的「筆意、筆勢說」包括三點。

1 產生筆勢的三個原因

　　一是「所用工具不同，故其字體亦多變化」；二是「用筆有異，故字體亦異」；三是「人心好異，務在於奇，此亦筆勢變易之一因」。（《文字學筆記》）

2 筆勢產生的後果

　　「筆勢不過一點一橫一直一斜四者，故異字同形者多，而其勢不

---

42 陸宗達、王寧：《論章太炎、黃季剛的〈說文〉學》，《訓詁與訓詁學》（太原市：山西教育出版社，1996年），頁337至351。

43 同上。

得不有所避就。或小變其筆勢，又或求字體之茂美，則增加其筆劃。亦有無可變易，而其勢不得不同者。」（《文字學筆記》）

3 筆勢筆意的訓詁應用

一是明筆勢見筆意。雲：「不知筆意者，不可以言筆勢。顏之推雲，學者不觀《說文》，則往往不知一點一畫為何義（最初造字時，一點一畫皆有意義）。」舉例說：「如囗即古圍字，亦即古圓字、圓字、員字。囗本作○，作○難作囗易，○之為囗，筆勢避就為之也。又如匚即古方字，其所以缺一角者，以避囗字……普通之所謂圓，乃抽象之名。而日作○，中加一橫者，避囗字也。或以為日中有三足烏者，非也。然有時日亦作○……月之作月，月固有闕時，非常如此。其闕一角，避日字也。」二是利用古文字字形還原筆意。《說文》主篆，導致很多字形喪失了筆意，黃氏多能用甲金說之，陸宗達、王寧就指出：「現在所看到的黃侃手批《說文解字》，以金甲證《說文》之處頗多，以金甲正《說文》之誤者亦不在少。」[44]即便是甲金文，黃氏認為也要查「筆勢之變」、不得「忘言」：「治鐘鼎、甲骨者，不宜專據點畫以為說也。」（《文字學筆記》）三是求本字。黃先生說：「凡求文字之義訓，與其初造字時之形體、聲音相符，即求本字之謂也。」（《文字聲韻訓詁筆記》）即破假借，尋筆意，以使形音義相應，「凡言假借者，必有其本，故假借不得無根，蓋必有其本音本形本義在其間也」。又：「夫形聲義必相應，則判無有音而無字者，故必推求其本字而後已也。」（《文字聲韻訓詁筆記》）並指出求本字途徑：「推之之法，則在審音。蓋假借之關乎音，猶魚之于水也；魚離

---

44 陸宗達、王寧：《訓詁與訓詁學》（太原市：山西教育出版社，1996年），頁337至351。

乎水則困，假借離乎音則絕。故已知一字之音古屬何類，進而求之，則可觸類貫通者矣。」（《文字聲韻訓詁筆記》）

　　如前述，楊氏漢字形義理論的基本觀點就是「形義密合說」。楊雲：「文字之作，始則因義而賦形，繼則即形而表義。故本始之字，形其於義也，必相密合。」（《中國文字學概要》）「必相密合」和黃氏所謂「筆意」相當。在《述林・釋對》中又說：「夫字之受形，必有其故，不得其故，則義與形不相比附。」「不相比附」和黃氏所謂「筆勢」相當。楊氏認為若形義不密合，形和義必有一誤：「餘謂凡形義不能密合之字，形義二事必有一誤。」（《述林・釋兄》）「說者失其形，則義具而不知其源；失其義，則形孤而無所麗。」（《述林・釋同》）

　　楊氏利用形義密合說進行訓詁也和黃侃相似。一是「緊抓字形不放」，和黃侃「不知筆意者，不可以言筆勢」何其相似！如：

　　　　《說文・十二篇上・門部》雲：「開，張也，從門，從幵。」古文作，按古文從一從。一者，象門關之形。關下雲：「以木橫持門戶，」是也。從者，以兩手取去門關，故為開也。小篆古文之形，許君遂誤以為從幵爾。（《述林・釋開闢閉》）

　　二是「甲金文大出，我儘量的利用他們」。楊氏廣稽金甲，以求形義密合，如：

　　　　聿筆謂一字，筆加形旁竹耳。許君分為二字，非也。聿甲文作，金文作，《說文》分聿聿為二字，雲聿從聿，一聲，亦非也。必知聿筆為一字，律從聿聲之故乃可說。（《述林・釋律》）

《說文·九篇下·豸部》雲：「豸，豸絆足，行豸豸也。從豸系二足。」余按甲文此字作，從豸下加點，不作系足之形。許君據形立義，形既不合，則義為無根，其不足據信明矣。（《述林·釋豸》）

　　三是「因字求義」、「因義定字」。楊氏說：「初因字以求義，繼複因義而定字。義有不合，則活用其字形，借助于文法，乞靈於聲韻，以假讀通之。」（《積微居金文說·自序》）又說：「考釋文字，舍義以就形者，必多窒礙不通，而屈形以就義者，往往犁然有當。」（《卜辭瑣記》）楊氏「因字求義」、「因義定字」，或是「乞靈於聲韻」、「屈形以就義」，都是求得形音義三者相應，其方法和黃侃求本字完全相同。

　　黃氏「筆意、筆勢說」和楊氏「形義密合說」名稱不同，表述也各異，實乃異曲同工：為探求本字本義提供了依據，也是傳統訓詁學的一條重要經驗。

（三）形音義關係：主音說和主義說

1 形音義相依之理

　　黃氏重視學科之系統性，雲：「有統系條理始得謂之小學。」表現在文字形音義關係的認識上，也是如此：小學分「形、音、義三部」，但「三者雖分，其實同依一體：視而可察者，形也；聞而可知者，聲也；思而可得者，義也。有其一必有其二，比如束蘆，相依而住矣」。（《黃侃論學雜著》）「小學必形、聲、義三者同時相依，不可分離，舉其一必有其二。」（《文字學筆記》）

　　楊氏亦雲：「文字以三事為要素，曰形，曰音，曰義。而其次第，則先有義而後有音，有音而後有形。文字之作，始則因義而賦

形，繼則即形而表義。」（《中國文字學概要》）又雲「字義既緣聲而生」。（《形聲字聲中有義略證》）

2 以聲統義，以聲音通訓詁

黃氏說：「文字根於語言，言語發乎聲音，則聲音者，文字之鈴鍵，文字之貫串。故求文字之系統，既不離乎聲韻，而求訓詁之根源，又豈能離乎聲韻哉？」又：「文字之訓詁必以聲音為綱領，然則聲訓乃訓詁之真源也。」又雲：「昔戴君舉『以字說經，以經證字』二語以示後學。餘今欲以音說義，以書證音。」（《訓詁學筆記》）

楊氏總結自己的文字訓詁說：「循聲類以探語源，因語源而得條貫。」又說：「夫義既生於聲，則以聲為統紀，豈惟《爾雅》《說文》《方言》《廣韻》當為貫穿哉。」（《形聲字聲中有義略證》）

3 「主音說」與「主義說」

形音義三者，黃氏主音，說：「三者之中，又以聲為最先，義次之，形為最後。」（《黃侃論學雜著》）楊氏則主義，雲：「夫文字之生也，有義而後有音，有音而後有形，三事遞衍，而義為之主。」（《述林・論小學書流別》）並批評黃氏說：

> 往者流寓北京，聞黃季剛以文字之學名天下，及觀其所流布之文字，私心乃不謂然。何則？文字之學，析為形音義三端，而義實為其主。許叔重《說文》每字之下首說義訓，次乃舉形及聲，次第先後，輕重昭然，可覆按也。夫說義者不能盡舍形音，舉其全也；治形音者可不說義，其事偏也。季剛文字乃專說聲音，無一言半語及義訓者，知其所擅長者乃音韻之學，非文字之學也。（《述林・與友人論文字學書》）

　　這裡黃侃犯了一個大錯誤。從發生學上講，先有義，後有音，再有形。義處於底層，是內容，處於核心地位；形、音處於表層，是義的視聽表達形式，即詞的外部形式。黃氏以聲為先，就等於承認音義聯繫的必然性；而這種認識必然導致「名」「實」關係必然性的錯誤認識，如黃氏說：「名者所以召實，凡所命名，豈漫然以呼之者乎？其呼之必有其故。」又說：「制名皆必有故，語言緣起，豈漫然無所由來，無由來即無此物也。」(《文字學筆記》)普通語言學認為，音與義的結合是任意的，聲音和概念沒有必然的聯繫，任何聲音都可以表示任何概念。但是，經過社會長時間的約定俗成，某一聲音固定地表示了某個概念，於是它們在這一語言系統裡發生了聯繫。若從訓詁的層面看，隱形的語義要通過其表現形式來認識；而且，語言的約定俗成性和類推作用，使得某一語言內部音、義的聯繫呈現出一定的規律性。因此，聲音在訓詁中又處於核心地位，黃侃雲「聲音即訓詁」又是頗有道理的。(《文字聲韻訓詁筆記》)

（四）聲韻研究：古有無上聲之爭

1 古音研究

　　黃氏秉承師說，兼采眾長，擬定古本音19紐、古本韻28部，建立了自己的古音學體系。文字、訓詁、音韻三端，黃氏以古音研究成就為最大，被人稱為三百年間古音學研究的殿軍。楊氏也曾說黃侃「治音韻的功夫多」。黃侃古音學論述主要集中在《聲韻略說》、《音略》、《與人論治小學書》、《談添貼盍分四部說》等中。

　　與黃侃相比，楊氏沒有建立自己的古音學體系。楊氏為教學之需，編有《說文聲母表》，曾向學生聲明「表是黃侃的」，但據王顯考

證，只是「韻部之分，取黃君季剛之說」。[45]楊氏的古音學論著有《說文讀若探源》、《詩音有上聲說》、《之部古韻證》、《古音對轉疏證》、《古音咍德部與痕部對轉證》等。《說文讀若探源》以「本之經籍異文者」、「本之通假字者」、「本之文字重文者」、「本之前人成說者」四端說明了《說文》169例「讀若」的性質。《之部古韻證》取之部「今之誤讀五十余文，為明其正讀，或求之于經傳異文，或稽之于許書聲類」。《古音對轉疏證》、《古音咍德部與痕部對轉證》從韻文通諧、文字聲類、文字重文、經傳異文、傳注讀若、語言變遷六個方面，疏證了微沒痕、歌曷寒、支錫青、模鐸唐、侯屋鍾、咍德登、咍德痕7組21個韻部的通轉關係。

2 《詩》有無上聲之爭

黃侃作《詩音上作平證》，主張古音只有平入，無上去，但不少人反駁，楊氏便是其中之一。楊氏作《詩音有上聲說》，開篇便雲：「近見黃君季剛《詩音上作平證》一文，舉《詩經》平上通韻百三十事為例證，愚意恐其未然。」又在日記中說：「悟及《大雅・公劉篇》『京師之野，于時處處，于時廬旅，于時言言，于時語語。』處處、言言、語語皆一字重言，廬旅獨變文者，以廬為平音，於野處語不葉故也。以此知古實有上音。黃季剛謂無上音者非也。」[46]

3 聲訓分類

楊氏以《釋名》為例，分聲訓為三類九例：

45 王顯：《〈說文聲母表〉箋注序例》，《楊樹達誕辰百周年紀念集》（長沙市：湖南教育出版社，1985年），頁33至38。

46 1932年9月18日日記，楊樹達《積微翁回憶錄》（上海市：上海古籍出版社，1986年），頁65。

《釋名》音訓大例有三：一曰同音，二曰雙聲，三曰疊韻。其凡則有九：一曰以本字為訓，二曰以同音字為訓，三曰以同音符之字為訓，四曰以音符之字為訓，五曰以本字所孳乳字為訓，此屬於同音者也。六曰以雙聲字為訓，七曰以近紐雙聲字為訓，八曰以旁紐雙聲字為訓，此屬於變聲者也。九曰以疊韻字為訓，此屬於疊韻者也。（《釋名新略例》）

黃侃以《爾雅》為例，分聲訓為二類四例：

一、與所釋之字生同聲同類之關係者：甲、同聲：公君見　戲　謔曉粵於爰曰為　乙、同類：皇后侯君　迴遌遠　台予餘我
二、與所釋之字雖無聲之關係，然常有同聲同類之字與之同義者：甲、同聲：妃匹合　纂績繼　鶩務強　乙、同類：帝丞君　彗事勤甯柔安（《訓詁述略》）

楊、黃分類以聲為主，沈兼士評論說：「楊、黃之說，可謂知聲訓矣。」[47]

（五）方言研究：《蘄春語》和《長沙方言考》

章太炎認為方言俗語多是古語的遺留，作《新方言》、《嶺外三州語》和《吳語》。黃氏繼承其師的思想方法，作《蘄春語》、《讀集韻證俗語》。黃氏的方言研究廣稽《說文》、《廣韻》、《方言》等傳統訓詁材料，以音、義為線索，或為「吾鄉語」考本字，或推本音，或為分化字考本字，或系聯同源詞，多有精當的結論。

---

47 沈兼士：《沈兼士學術論文集·聲訓論》（北京市：中華書局，1986年），頁256至282。

　　楊氏1925年開始陸續發表考證長沙方言的文章，後成《長沙方言考》、《長沙方言續考》。楊氏由今推古，用古以證今，用音同、音近、音轉以求方言本字，共考證長沙方言詞244條，考證的本字多數被後人採納稱說，影響較大。

　　西方語言學影響下的傳統語言文字研究並不僅僅限於語源研究，還有系流工作——方言研究，這一時期的語源、方言研究已經屬於歷史語言學的研究範疇：源流並重。無獨有偶，同期以字族語根研究見長的沈兼士在方言研究上同樣表現出一以貫之的理論意識：「其實，方言仍有它應該被研究的獨立的價值在。……我們今後研究方言的新趨勢，與舊日不同者，綜有三點：（1）向來的研究是目治的注重文字，現在的研究是耳治的注重言語；（2）向來只是片斷的考證，現在需要有系統的方法實行歷史的研究和比較的研究，以求得古今方言演變之派別，分佈之狀況；（3）向來只是孤立的研究，現在需利用與之有直接或間接關係的發音學、言語學、文字學、心理學、人類學、歷史學、民俗學等，以為建立新研究的基礎。」[48]

　　王力曾批評清人的方言研究：「即使是研究現代方言，也塗上復古主義的色彩，以證明方言中保存有著很多古代詞語為目的。這樣，就使中國語言學停滯在『考古』的階段。」[49]章、黃、楊等早期研究方言的學者一般是利用傳統的音韻學、訓詁學和文字學的知識來尋求方言俗語的本字，注重從《說文》、《爾雅》等傳統訓詁材料中為方言俗語尋找證據。這種研究，雖以證今為目的，但帶有濃厚的「考古」色彩，即「以見古今語言，雖遞相嬗代；未有不歸其宗。故今語猶古語也」（章太炎《自述學術次第》），從而表現出過渡時期「證今」和

---

48 沈兼士：《沈兼士學術論文集・今後研究方言之新趨勢》（北京市：中華書局，1986年），頁42至49。

49 王力：《中國語言學史》（太原市：山西人民出版社，1981年），頁172。

「明古」並重的方言研究特點。這種考本字的工作，開闢了一條方言詞彙學的途徑，但其科學、可靠性的增加尚需汲取現代語言學、語音詞彙學等的更新研究成果。黃侃就曾經說，考求方言本字須有明證，並為其師《新方言》「比附穿鑿者實多」自愧。[50]即便是近年來考方言本字的研究，也同樣存在可靠性的問題；同時，語言的來源是多元的，要想為所有的方言俗語從幾部古書中找到淵源，也是不現實的。若一意孤行，可能指鹿為馬、張冠李戴，其謬誤不為開創者的流弊，而是效顰者的妄為。

（六）學術的根柢——《說文》之學

黃侃尤致力於《說文解字》的研究，一生精力，盡萃於斯，其手批大徐本《說文解字》，達數十萬言。他說：「以輕重次序之：一、《說文》、二、《爾雅》、三、《方言》、四、《釋名》。《爾雅》一書，本為諸經之翼，離經則無所用；即離《說文》，而其用亦不彰。此如根本之於枝葉也。《方言》、《釋名》解釋不備，亦次於《說文》。《釋名》以聲為訓，而音韻變遷，訓詁歧異，皆必征之《說文》。故《釋名》亦以《說文》為依歸。《說文》一書，于小學實主中之主也。」（《文字聲韻訓詁筆記》）又強調說：「《說文》為一切字書之根柢，亦即一切字書之權度。」（《論學雜著·說文略說》）可見，《說文》為黃侃學術的根柢所在，也是其語言文字學的核心：「章黃《說文》學實含文字形義學、理論訓詁學、詞根字源學、方言詞彙學與實證音韻學等等。」[51]

許嘉璐先生說：「近代治《說文》之學的，首推余杭章氏。其後

---

50 黃侃：《文字聲韻訓詁筆記》（上海市：上海古籍出版社，1983年），頁263至264。

51 陸宗達、王寧：《論章太炎、黃季剛的〈說文〉學》，《漢字文化》1990年第4期。

則北有蘄春黃季剛（侃）先生，南則當屬長沙楊遇夫先生。」[52]楊氏
之學也以《說文》為根基，雲：「吾國文字，莫精于許氏《說文解
字》。」（《形聲字聲中有義略證》）又：「蓋許書實為今日根究古義唯
一之寶書，吾人賴之甚則望之不免過奢，亦勢之必然也。」楊氏研究
文字語源，拿《說文》中的形聲字為物件；以金甲文研究名家，作
《新識字之由來》，闡述研究青銅器銘文的理論與方法，首條便是據
《說文》釋字；研究方言音韻，所依材料多為《說文》。

　　章氏尊許，黃氏篤守師說，註定了黃氏在《說文》的研究上不可
能離其師太遠，儘管晚年手批《說文》時也用到一些金、甲字形。和
黃氏相比，楊氏則鮮明地「批判接受」，「可信者信之，可疑者疑
之」。楊氏廣稽金甲文字校正《說文》，博引古書古義參驗《說文》，
被曾運乾引為「蒼史功臣、叔重諍友」。（《述林・曾序》）孫雍長曾以
「闡幽發微，申明許說」、「實事求是，補正許說」兩端闡述楊氏研究
《說文》的態度，茲不再贅論。[53]

二　語源研究

（一）思想來源

　　有人認為黃侃「對中國語言學最重要的貢獻有二，一是以《廣
韻》貫穿古今、等韻；一是以《說文》貫通字源、語源」。[54]即便是音
韻的研究，字源、語源的探求也貫穿其中，目的是「以聲音通訓

---

52 許嘉璐：《蒼史功臣，叔重諍友——〈說文〉楊氏學述略》，《楊樹達誕辰百周年紀
　　念集》（長沙市：湖南教育出版社，1985年），頁65至80。

53 孫雍長：《遇夫先生研究說文的態度》，《管窺蠡測集》（長沙市：嶽麓書社，1994
　　年），頁232至243。

54 李開：《論黃侃先生的字源學說和方法》，《南京大學學報》1986年第1期，頁10至15。

詁」，求得「語根」。總觀黃侃的語言研究，語源之學是其治學的核心。第一部全面系統研究語源的著作——《文始》是在黃侃的啟發建議下寫成的；[55]手批《說文》、《爾雅》等達數十萬言，其主要內容就是系聯同源詞和尋找語源。他認為訓詁即「以求語言文字之系統與根源是也」。(《文字聲韻訓詁筆記》)又說「求訓詁之次序有三：一為求證據，二為求本字，三為求語根」。(《文字聲韻訓詁筆記》)他把「求語根」作為訓詁的最高層次。

　　如前述，楊氏訓詁思想的核心也是「求得語源」。茲引楊、黃自述，以窺見他們的語源思想：

　　　黃侃：語言雖隨時變遷，然凡言變者，必有不變者以為之根。又：凡有語義，必有語根。言不空生，論不虛作，所謂名自正也。又：求字之系統，既不離乎聲韻，而求文字之根源又豈能離乎聲韻哉？(《文字學筆記》)

　　　楊樹達：治文字學，儘量地尋求語源。……這是我研究的思想來源。(《積微居小學金石論叢·自序》)

　　　黃侃：(《文始》)令諸夏之文，少則九千，多或數萬，皆可繩穿條貫，得其統紀。(《聲韻略說》)又：執文字之根以窮其枝葉，則文字燦然明矣。蓋文字之形體無窮，而聲音則為有限也。(《文字聲韻訓詁筆記》)

　　　楊樹達：蓋語根既明，則由根以及幹，由幹以及枝葉，綱舉而萬目張，領挈而全裘振，於是訓詁之學可以得一統宗，清朝一代極盛之小學可以得一結束。(《形聲字聲中有義略證》)

---

55 《黃侃論學雜著·聲韻說略》(上海市：上海古籍出版社，1980年)，頁94：「聲義同條之理，清儒多能明之，而未有應用以完全解說造字之理者。侃以愚陋，蓋嘗陳說于我本師；本師采焉以造《文始》，於是轉注、假借之義大明。」

　　黃侃：語根之學，非重在遠求皇古之前，乃為當前爭取字書之
用。(《文字聲韻訓詁筆記》)

　　楊樹達：吾意必語根研究明白，而後始有真正之新式完備字典
之可言。(《形聲字聲中有義略證》)

　　這種「求語根」思想，是「聲近義通」這一訓詁理論在西學影響
下的自然發展，不唯楊、黃所獨有，而是那個時代的聲音。

(二)「孳乳變易說」和《文字孳乳之一斑》

　　章氏以「孳乳」和「變易」作為語言和文字演變的兩大規律，以
此探求語源。黃侃繼承發展師說，進一步完善了「孳乳」、「變易」理
論。他說：「古今文字之變，不外二例：一曰變易，一曰孳乳。變易
者，聲、義全同而別作一字。孳乳者，譬之生子，血脈相連，而子不
可謂之父。中國字由孳乳而生者，皆可存之字；由變易而生之字，則
多可廢，雖《說文》中字亦然。」(《國學講義錄‧文字學筆記》)「變
易者，形異而聲、義俱通；孳乳者，聲通而形、義小變。試為取譬，
變易，譬之一字重文；孳乳，譬之一聲數字。今字或一字兩體，則變
易之例所行也；或一字數音數義，則孳乳之例所行也。」(《黃侃論學
雜著》)結合黃侃「分化語」和「轉語」的論述：「語言之變化有二。
一、由語根生出之分化語；二、因時間或空間之變動而發生之轉語」
(《文字學筆記》)，可以認為，黃侃所說的文字孳乳記錄的是因詞義
分化而導致的分化造詞。從現代語言學的角度看，分化造詞是同源詞
產生的主要途徑。至於變易，和黃氏所言「轉語」大致相當，指由於
時空變化而引起的語音和記錄詞的字形的變化；從黃氏所舉的例子
看，變易既包括聲義全同的異體字，又包括聲近義通的同源字。

　　楊氏也談到文字孳乳，作《文字孳乳之一斑》，雲：「文字之孳

乳，其術移頤，不可方物，然循跡以求，固有事象顯白無疑可以論定者，今約分六類述之。」楊氏的六類大致是：

一、能動孳乳主孳之字為名字，而所孳之字為動字，以動字所表之動作，示名字之習慣作用或動作也，其被人用為工具而動作亦附焉。

二、受動孳乳一名字，一動字，與能動孳乳同，其與彼異者，彼名字為動作之主體，此名字為動作之物件耳。

三、類似孳乳被孳乳之字與主孳之字相類似也。

四、因果孳乳主孳之字為因，被孳之字為果也。

五、狀名孳乳主孳之字為狀字（通言形容詞），被孳之字為名字也。

六、動名孳乳主孳之字為動字，被孳之字為名字也。

楊氏的分類是語法分類，實際上所依據的標準仍然是語義，即依據詞義的轉化進行分類，故楊氏的文字孳乳記錄的也是因詞義引申而產生的分化造詞。楊氏舉例相當謹慎，92組孳乳字全部依「右文」，即同一諧聲字。（例見附表。）

黃氏《說文略說》也有對孳乳的分類：

一曰，所孳之字，聲與本字同，或形由本字得，一見而可識者也；

二曰，所孳之字，雖聲形皆變，然由訓詁輾轉尋求，尚可得其徑路者也；

三曰，後出諸文，必為孳乳，然其詞言之柢，難於尋求者也。

　　黃氏實分聲同和聲轉兩類，以聲音為標準。從其所舉的例字看，和楊氏不同，黃氏已不僅限於諧聲字，如認為「安之由燕來」等。

　　黃氏說：「孳乳者，語相因而義稍變也。」「義稍變」才是文字孳乳的內在動因。黃氏也有根據「義有小變」而對文字孳乳進行的分類，所分為八類：

> 文字孳乳，大氏義有小變，為制一文。有由別而之通者，從而有角，是也；有由通而之別者，從鳥而有隹，是也；有所施異，因造一名者，從又而有杈，是也；有義稍狹，因造一名者，因句而有鉤，是也；蟬、蛻一語，而蟬言其體，蛻是其貌；鳧一根，而為總名，鳧為別物；在上曰頸，在下曰脛，形同也，而因處異，造二文；冕服有市，玄端有韠，物同也，而因制異，造二文。（《黃侃論學雜著・說文略說》）

由以上分類可見，楊氏講文字孳乳，主「事象顯白無疑可以論定」之意，立足字形之諧聲者；黃氏不唯右文，還緯以聲音，較楊氏宏通一些。

（三）語源原理

　　楊、黃在探求「語根」的過程中都發現了一些語源的基本原理，其中不乏相同的觀點，比如「形聲字的利用」、「形聲字聲中有義」、「聲旁有假借」、「反義同根」等問題，列表如下：

表 26　楊樹達和黃侃語源觀點比較

	楊樹達	黃侃
重視利用形聲字	「語源存乎聲音，《說文解字》載了九千多字，形聲字占七千多字，占許慎全書中一個絕大部分；所以研究中國文字的語源應該拿形聲字做物件，那是必然的。」（《述林·自序》）	「《說文》列字九千，而形聲居其八九。夫獨體為文，合體為字。獨體多為象形、指事，而合體會意之外概為形聲。蓋古今有聲之字十倍於無聲者也。故文字者，言語之轉變；而形聲者文字之淵海。形聲不明，則文字之學不明。」（《文字學筆記》）
形聲字聲符含義	「形聲字中聲旁往往有義。」（《述林·自序》） 「中土文書，以形聲字為多，謂形聲字聲不寓義，是直謂中土語言不含義也。」（《論叢·自序》）	「凡形聲字以聲兼義者為正例，以聲不兼義者為變例。」（《文字學筆記》）「《說文》字從何聲，即從其義者，實居多數。」（《論學雜著》）「形聲之字雖以取聲為主，然所取之聲必兼形、義方為正派。蓋同音之字甚多，若不就義擇取之，擇何所適從也。右文之說，固有至理存焉。」（《文字學筆記》）
形聲字聲符假借	「文字構造之初已有彼此相通借。」（《述林·自序》） 「蓋古人于形聲字之聲類，但求音合，不泥字形也。」（《述林·釋韄》）	「古代造字時已有假借，故六書皆為造字之本源。此說不為人知久矣。」（徐複《黃季剛先生講授〈說文筆記〉》） 「而或以字體不便，古字不足，造字者遂以假借之法施之形聲矣。假借與形聲之關係，

	楊樹達	黃侃
		蓋所以濟形聲取聲之不足者也。是故不通假借，不足以言形聲。」（《文字學筆記》）「凡形聲字所從之聲，未有不兼義者。其有義無可說者，或為借聲。」（《說文箋識》）
反義同根	「然一字兼含相反之二義，必有混淆之虞。於是或取某字而變其韻以表其相對或相反之義，則此意義相對或相反之二字為雙聲；……但取某字之韻而變其聲以表其相對或相反之義，則此意義相反或相對之二字為疊韻。」（《高等國文法・總論》）「以相近或相反之義轉變者：子之于孫……（按：此例為相近）貧之于富。」（《論叢・古音哈德部對轉證》）	「古語相反而同根者多，如多少、長短、治亂之類。」「中國文字凡相類者多同音，其相反相對之字亦往往同一音根。」（《文字學筆記》）

（四）語源實踐

　　楊、黃都進行了大量的探索語源的實踐，在具體字、詞語源的說解上也有很多略同的地方，如：

　　　黃侃：容之字訓盛，而古與欲通用，《莊子・天下篇》：「語心之容」，即語心之欲也；欲從穀聲，而得穀義，是以知容之語義由穀來也。《黃侃論學雜著・論變易孳乳二大例》

楊樹達：《說文・八篇上・衣部》雲：「裕，衣物饒也，從衣，
穀聲。」按字從穀而訓為饒者，穀之為物，空廣能容，容字從
穀，即其義也。《述林・釋裕》

黃侃：天之訓為顛，則古者直以天為首，在大宇中則天為最
高，在人身中則首為最高，此所以一言天而可表二物也。然與
天同語者，有囟，聲稍變矣，有囟與天而有顛。此之造字，純
乎變易也。（《黃侃論學雜著・論變易孳乳二大例上》）

楊樹達：類似孳乳者，被孳之字與主孳之字相類似也。……
天，顛也，至高無上，從一大。……變易為顛，頂也，從頁，
真聲。此天之後起形聲字。（《述林・文字孳乳之一斑》）這些實
踐上一致的地方也反映了他們相近的語源思想、原理和方法。

黃、楊也有共同的失誤之處：黃侃：若為會意字，從右。右當
作又，則擇字有根。右為假借字，取其形體茂美而已。（徐複
《黃季剛先生講授〈說文筆記〉》）

楊樹達：《一篇下・艸部》雲：「若，擇菜也，從艸右。右，手
也。」按右為手口相助，不得訓手，而許雲右手者，字借右為
又也。……又與右音同，故借右為又耳。（《述林・造字時有通
借證》）

今按：「若」甲文為象形字（說詳第九章第二節之《個案商榷》）。
黃、楊謂字「借右為又」，皆誤。

　章氏於語源，開風氣之先；楊樹達精于甲金文研究，並以之矯正
《說文》，因而在利用《說文》研究語源上走得更遠；沈兼士不拘泥
一字一義，宏觀審視，在右文的理論推闡上更勝一籌；黃氏承其師
業，精於語源、訓詁，尤在理論訓詁學的創建上，高屋建瓴，具有奠
基意義。他們於語源、訓詁學上的探索，是「新訓詁學」的方向。

　　他們是現代的。四者都提到了要探索「語根」，但是，語根在哪裡？文字在語言之後，用文字的線索是找不到語根的。他們探求語根的教訓直接為現代語源學提供經驗：「語根」再也無人提及；王力《同源字典》及劉氏二補、張希峰三考漢語詞族，走的都是同源系聯的路子。

　　他們又是傳統的，他們的學術根基都在《說文》，說明《說文》的訓詁學價值無可替代。其得在《說文》，失也在《說文》，《說文》是形義之書，以之探求語源，拘牽形體在所難免。當然，這是那個時代的局限，是傳統走向現代的必經之路。章、楊、黃、沈同為語言文字之學走向現代的見證者和實踐者，他們有關語源、訓詁的理論和實踐，為現代語言學提供了寶貴的經驗和教訓。

第八章
楊樹達之訓詁在諸多方面的應用

　　解釋語義是訓詁工作的核心，閱讀古代書面語言、繼承古代文化遺產就必須以疏通語義，即訓詁為前提；而且，訓詁學作為「一門綜合性的為解決古書語言問題服務的學問」，[1]在古籍整理與閱讀、文言教學、辭書編纂、文史研究等方面都有著廣泛的應用。楊氏訓詁創獲良多，在諸多方面體現了很高的學術價值，今以「古籍整理及閱讀」、「辭書編纂」和「文史研究」等三端，舉例說明楊氏訓詁的應用。

第一節　古籍整理及閱讀

　　如前述，楊氏的訓詁著作有發明類《積微居小學述林》、《積微居小學金石論叢》等，注釋類《漢書窺管》、《鹽鐵論校注》、《淮南子證聞》等，纂輯類《老子古義》、《論語疏證》、《春秋大義述》等。發明類《述林》、《論叢》探源為訓、勝義迭出，能幫助正確理解古籍、匡正前人之失；其餘二類，對整理校勘相關古籍價值頗大，比如，朱謙之《老子校釋》（中華書局，1984）、陳鼓應《老子注釋及評價》（中

1　張永言：《訓詁學簡論》（武漢市：華中工學院出版社，1985年，頁21）；又白兆麟《新著訓詁學引論》：「訓詁學是以古代書面語言的訓詁為研究物件，以語義為主要研究內容的一門獨立的科學。他的任務是：分析古代書面語言的矛盾障礙，總結前人的注疏經驗，闡明訓詁的體制和義例、方式和方法、原則和運用，以便更好地知道訓詁以及與此相關的古文教學、古籍整理、詞典編纂等工作。顯然，綜合性和實用性是這門學科的兩大特徵。從這個角度來說，訓詁學是漢語言科學中的應用學科。」（上海市：上海辭書出版社，2005年，頁9）。

華書局，1984）和《老子今注今譯》（商務印書館，2003）、盧育三
《老子釋義》（天津古籍出版社，1987）、劉康得《老子直解》（復旦
大學出版社，1997）、孫雍長注譯《老子》（花城出版社，1998）、黃
瑞雲《老子本原》（人民文學出版社，1998），均列楊氏《老子古義》
為「引用參考書目」或「考訂書目」；張雙棣《淮南子校釋》（北京大
學出版社，1997）、劉康得《淮南子直解》（復旦大學出版社，2001）
「參考」、「引用」楊氏《淮南子證聞》；來可泓《論語直解》（復旦大
學出版社，1996）「參考」楊氏《論語疏證》；王利器《鹽鐵論校注》
（中華書局，1992）「纂注」引楊樹達《讀鹽鐵論劄記》（國文學會叢
刊一卷二輯），等等。

一　版本

徐梵澄著《老子臆解》（中華書局，1998）之版本，多依楊氏
《老子古義》，《老子臆解・版本》雲：「通行本即通俗坊間諸本。然
多據近人楊樹達《增補老子古義》本，民國十七年五月，上海中華書
局四版。」高明撰《帛書老子校注》　（中華書局，1996），楊氏《老
子古義》被列為「所據校本」之一。

二　校勘

欲明校勘，必先通訓詁。所謂「理校」之法，即為建立在訓詁基
礎之上的校勘方法。楊氏之古籍注解，以訓詁明校勘處尤精；其校勘
成果被學者採納亦多，下舉數例。

《鹽鐵論・本議》：「縱然被堅執銳。」

　　楊樹達《要釋》注：俞樾雲：「縱然」四句疑有脫誤。王先謙雲：「疑」字當衍。樹達按：俞、王說並非也。「然」字古音如「難」，此假「然」為「難」耳，《說文·火部》「然」字或作「　」，他書或作「　」，是其證也。

今按：王貞珉注譯，王利器審定之《鹽鐵論譯注》注雲：「難，原作『然』，今據楊樹達說改。」李景文、王學春校譯本《鹽鐵論》亦據楊氏注改作「縱難被堅執銳」。

　　《鹽鐵論·利議》：「諸生無能出奇計遠圖匈奴安邊境之策。」
　　樹達《要釋》按：「遠圖」下，元本有「伐」字，是也。

今按：《鹽鐵論譯注》注雲：「『伐』字本無，楊樹達引元本有，是，今據補正。」
　　另按：《鹽鐵論譯注》根據楊氏《要釋》校勘計9例，詳見下表：

表 27

篇目	原文	《鹽鐵論譯注》校語
本議第一	縱然被堅執銳	難，原作「然」，今據楊樹達說改
未通第十五	二十三始傅	「傅」原作「賦」，今據楊樹達說校改
利議第二十七	遠圖匈奴安邊境之策	「伐」字本無，楊樹達引元本有，是，今據補正
國疾第二十八	口口者賊也	「賊」原作「賤」，今據楊樹達、郭沫若校改
國疾第二十八	止則鋤耘	則原作「作」，今據楊樹達說校改
國疾第二十八	建元之始	「始」上原無「之」字，今補……說略本楊樹達

篇目	原文	《鹽鐵論譯注》校語
散不足二十九	刻畫玩好無用之器	「玩好」二字原在下句「玄黃」之上，今據楊樹達說校移
散不足二十九	申者南君當路	「南居」，楊樹達疑為「南君」
取下四十一	代鄉清風者之危害也	清，當依楊樹達校作「清」，寒冷的意思

《漢書》（中華書局，1962）點校本的校勘亦有多處依據楊氏《漢書窺管》，從其《校勘記》就可看出，如：

> 一零頁二行蕭、曹（等）皆文吏，景佑本無「等」字。楊樹達說無「等」字是。（《漢書》卷一校勘記）
> 八九七頁五格景佑、殿本「建」作「走」。楊樹達說據錢大昭校閣本亦作「走」，「建」字以形近而誤。下六格同。（《漢書》卷二十校勘記）
> 四零三二頁一五行（知）〔如〕而兄弟，今族滅也！景佑本作「如」。楊樹達說作「如」是。四零三三頁一三行協於新（室）故交代之際，何焯、李慈銘、楊樹達都說「室」字衍。
> 四零三三頁一四行當為歷代（為）母，楊樹達說「為母」「為」字疑因上文「為」字而衍。按讀為「當歷代為母」亦通。（《漢書》卷九十八校勘記）

施丁《漢書新注》（三秦出版社，1994）引楊樹達《漢書窺管》145處，卷一14處，卷二20處，卷三41處，卷四70處。而其中引《漢書窺管》作校勘者就達71例。茲舉二例：

《漢書新注》卷四，文帝紀第四：「王舅駟鈞為靖郭侯。」注：靖郭：據楊樹達云，當是「清郭」之訛。

《漢書新注》卷九十七上，外戚傳第六十七上：「竇姬為皇后，女為館陶長公主。」注：長公主：當作「公主」。館陶公主，文帝女。文帝時稱公主，景帝時稱長公主，武帝時稱大長公主。此處但當稱公主，而稱「長公主」實是以後稱前，乃史家駁文（楊樹達說）。

朱謙之《老子校釋》（中華書局，1996）之二十九章「果而勿驕，果而勿矜，果而勿伐」注：

> 嚴可均曰：禦注「驕」作「憍」。各本「果而勿驕」句在「果而勿伐」下。謙之案：遂州、敦煌、景福三本「果而勿驕」亦在「果而勿矜」之前。又「驕」，範本、樓正本亦作「憍」。楊樹達曰：「憍」字從心，乃「驕傲」之「驕」本字，但說文未收耳。「驕」則「憍」之假字。

謝孝蘋注譯《史記・匈奴列傳第五十》：

> 「於是漢悉兵，多步兵」，「悉」，盡。「悉兵」，盡發所有兵。「多步兵」三字，楊樹達說是注文。

今按：顏師古注《漢書》亦持此說。「楊樹達說」當指《漢書窺管》匈奴傳第六十四上楊氏注：「多步兵三字乃自注文。」又《古書疑義舉例續補・文中自注例》云：「古人行文，中有自注，不善讀書者，疑其文氣不貫，而實非也。」

三 注釋

古籍整理必要注釋，而注釋必須通訓詁。楊氏訓詁著作頗豐，注釋精當，不僅可指導相關古籍的閱讀，而且對後來注家也頗具參考價值。下僅舉數例明之。

（一）釋義

如：

> 關於唐叔之封，《呂氏春秋》、《史記》均言以梧葉或桐葉而封。有人懷疑司馬遷錄《呂氏春秋》而誤改，梧與桐實為一物。陳奇猷《呂氏春秋校釋》（學林出版社，1984）注引楊氏：「楊樹達曰：《說文》雲：『梧，梧桐木』。梧、桐一物。高以桐釋梧者，以桐習稱耳。類書作『桐』，蓋亦習稱之，故改之。《呂氏》原文無妨自作『梧葉』，不必據以疑正文也。」奇猷曰：「楊說是。《爾雅・釋木》『梧』與『桐木』，郭注皆雲即梧桐，明古以梧與桐為一物。」

今按：「楊樹達曰」本自《積微居讀書記・讀呂氏春秋劄記》、《呂氏春秋拾遺》（《清華學報》，1936年11卷2期。）

> 徐志鈞《老子帛書校注》（學林出版社，2002）「十而取」，徐注：下而取，為上文「小國以下大國，則取大國」之義，即受大國保護。楊樹達《古書疑義舉例續補》卷一：「取小國與或下以取之『取』，主事之辭也；取大國與或下而取之『取』，受事之辭也。取大國者，見取於大國也；或下而取者，或下而見

取也。《老子》下文雲：『大國不國欲兼畜人，小國不國欲入事人，夫兩者各得其所欲，大者宜為下。』文意甚明，非謂小國下於大國，則能取得大國也。俞氏不知則取大國與或下而取二『取』字，為見取之義，遂疑兩句文義無別，而謂有誤脫。果如俞氏之說，則或下以取或下而取二語為複遝，且與下文矛盾矣。」

洪成玉《詞義發展研究的一些問題——兼及〈現代漢語規範詞典〉義項的處理》（《漢字文化》，1999年第3期）：

「表」不僅可以用於如《字典》所說的「標誌用木柱」義，還廣泛用於表識（幟）義，即彰明醒目的徽幟或標誌。……《左傳·昭西元年》：「引其封疆而樹之官，舉之表旗而著之政令。」《春秋左傳注》注引「楊樹達先生讀《左傳》雲：『表旗即後世界碑之類。』」

（二）釋音

如：朱謙之《老子校釋》（中華書局，1996）之十三章「故貴身於天下，若可托天下；愛以身為天下者，若可寄天下」注：

〔音韻〕此章江氏韻讀無韻。高本漢以身、患為韻，實際非韻。陳柱：五「驚」字韻，三「身」字韻，四「下」字韻。楊樹達曰：「上文身、驚系兩節，不必強以為韻。」

楊伯峻《孟子譯注》（中華書局，1996）卷十《萬章章句下》「於卒也，摽使者出諸大門之外，北面稽首再拜而不受，曰：『今而後知

君之犬馬畜伋。』蓋自是臺無饋也」注：

> 臺，楊樹達《積微居小學金石論叢・孟子臺無饋解》雲：「臺
> 當讀為始，『蓋自是臺無饋』，謂魯繆公自是始不饋子思也。說
> 文雲：『始，女之初也。從女，台聲。』台與臺古音同。」

施丁《漢書新注》卷八十七上，《揚雄傳》第五十七上「資威娃
之珍髢兮，鬻九戎而索賴」注：「資當讀為「齎」（楊樹達說）。」

（三）釋形

如：施丁《漢書新注》卷八十七上，《揚雄傳》第五十七上「棍
申椒與菌桂兮，赴江湖而漚之」注：「棍：今作『捆』（楊樹達
說）。」

（四）其他

如：施丁《漢書新注》卷八十八，《儒林傳》第五十八「通漢以
太子舍人論石渠」注：「楊樹達曰：戴聖及通漢《石渠議》散見《通
典》五十一以下各卷中，詳洪頤煊《經典集林》。」

楊伯峻《孟子譯注》（中華書局，1996）卷八「禹、稷當平世，
三過其門而不入，孔子賢之。禹稷當平世，三過其門而不入」注：
「楊樹達《漢語文言修辭學・私名連及例》雲：『三過不入，本禹事
而亦稱稷。』」

四　標點

《史記》（第十冊）中華書局（1959）點校後記：

如張釋之馮唐列傳：

虎圈嗇夫從旁代尉對上所問禽獸簿甚悉欲以觀其能口對回應無窮者，一向多以「欲以觀其能」為句，「口對回應無窮者」為句。近人楊樹達以為這兒的「觀」字跟國語「先王耀德不觀兵」的「觀」字相同，含有顯示或誇耀的意思。我們就點作：

虎圈嗇夫從旁代尉對上所問禽獸簿甚悉，欲以觀其能口對回應無窮者。

《漢書》（中華書局，1962）卷一校勘記：

一零頁四行祭蚩尤於沛廷，而釁鼓旗。〔一四〕幟皆赤，注〔一四〕原在「鼓」字下，明顏讀「釁鼓」句絕。吳仁傑據封禪書「祠蚩尤，釁鼓旗」之文，以為「旗」字當屬上句。王先謙、楊樹達都說吳讀是。

《漢書》（中華書局，1962）卷七校勘記：

二二三頁　一行　通保傅，傳孝經、論語、尚書，未雲有明。舊注「保傅傳」連讀，以為是賈誼所作書名。李慈銘說，帝自謂雖通接保傅，傳授孝經、論語、尚書，皆未能有明，當以傳字絕句。王先謙、楊樹達都從李讀。

朱謙之《老子校釋》（中華書局，1996）：

《老子·道經》一卷（之二）七章三十輻共一轂，當其無有，車之用。注：畢沅曰：本皆以「當其無」斷句。案考工記「利

轉者，以無有為用也」，是應以「有」字斷句。下並同。楊樹
達曰：「無有」為句，「車之用」句不完全，畢說可酌。（四十
五）楊樹達：《老子古義》（中華書局仿宋聚珍印本）。

五　校訂《說文》

孫雍長先生就利用《論叢・臣牽解》校正《說文》之「千」字
釋義：

> 《說文・十部》：「千，十百也。從十從人。」孫雍長《〈說文
> 解字〉訂補》認為：「許氏訓「千」為「十百」，則以「千」之
> 本義為表數之詞。然從「十」從「人」實難體現「十百」之
> 義。……以「人」為聲符而從「一」，則「千」之為數，其構
> 形旨趣仍難體現。古人造字，形與義未有不密合者。今案，
> 「千」之本義非表數之詞，乃牽絆之義也，故甲文「千」字從
> 「人」，從「一」者，非一、二、三之「一」，乃羈絆人足之象
> 徵符號耳。由「臣」之訓「牽」，則可知「千」字所從之
> 「人」形，為受牽絆之囚俘也。」

孫說可信，其依據是楊樹達對《說文》臣之聲訓的闡釋：（下為
孫氏注引）

> 《增訂積微居小學金石論叢》卷二《臣牽解》：「許君以『牽』
> 訓『臣』，乃以聲為訓，明其語源」，「『臣』之所以受義於
> 『牽』者，蓋『臣』本俘虜之稱，《禮記・少儀》雲：『臣則左
> 之。』注雲：『臣謂囚俘』，是也。蓋囚俘人數不一，引之者必

以繩索牽之，名其事則曰『牽』，名其所牽之人則曰『臣』矣。」（《湖北大學學報》（哲社版）1994 年第 6 期，孫雍長《〈說文解字〉訂補》）

湯可敬先生《說文解字今釋》每字下分設「參證」細目，名曰「參證」，實為「校正」，《說文解字今釋・前言》：「〔參證〕利用舉世公認的文字學成果特別是古文字學成果，證明、豐富、發展許學，糾正許氏的錯誤，彌補許學的不足。」如前述，楊氏利用甲金文形對許氏或申發、或補正，比時人「走得更遠」。湯氏「參證」即引用很多楊氏校正《說文》之成果，下表即列有13例：

表 28　湯可敬《說文解字今釋》「參證」楊氏舉例

頁碼	引文出處	《今釋》「參證」所引內容	校正《說文》內容
5頁	《論叢・釋旁》	旁者，今言四方之本字也	釋「旁」形誤
384頁	《述林・釋辱》	尋辰字龜甲金文皆作蜃蛤之形，實蜃字之初字	釋「　」形誤
415頁	《述林・釋反》	反字從又從厂者，厂為山石厓岩，謂人以手攀厓也；扳實反之後起加旁字	釋「反」義誤
425頁	《述林・釋藏》	藏本從臣從戈會意，後乃加爿聲	釋「藏」形誤
548頁	《述林・釋　》	糸古文作，字所從之厶，乃古文糸之省作；位厶字之中，蓋象用器收絲之形；從爪從又者，人以一手持絲，又一手持互（收絲之器）以收之，絲易亂，以互收之，則有條不紊，故字訓治訓理也	釋「亂」義誤

頁碼	引文出處	《今釋》「參證」所引內容	校正《說文》內容
647頁	《述林・釋工》	工象曲尺之形，蓋工即曲尺也	釋「工」形義皆誤
715頁	《述林・釋冂》	冂乃扃之初文；左右二畫象門左右柱，橫畫象門扃之形	釋「工」形義皆誤
844 頁	《述林・釋圖》	圖謀畫計，圖之引申義也	釋「圖」義誤
904 頁	《論叢・釋晉》	晉者，箭之古文也；上象二矢，下為插矢之器	釋「晉」形義皆誤
1124頁	《述林・釋臥》	古文臣與目同形，臥當從人目。覺時目張，臥時則目合也	釋「臥」形誤
1169頁	《述林・釋兄》	余疑兄當為祝之初文；以口交於神明，故兄字從兒從口	釋「兄」形誤
1172頁	《述林・釋先》	古之與止為一文，龜甲文先字多從止。止為人足	釋「先」形誤
2141頁	《述林・釋辱》	辱字從辰從寸，寸謂手，蓋上古之世，尚無金鐵，故手持摩銳之蜃以芸除穢草，所謂耨也	釋「辱」義誤

第二節　辭書編纂

一　《詞詮》的編纂

　　《詞詮》是一部虛詞詞典，是楊氏把《高等國文法》中講到的虛詞輯錄出來再補充材料而寫成的，集傳統文言虛詞研究之大成。

　　《詞詮》以「訓詁見長」，「將訓詁和文法相結合」，充分說明訓詁在辭書編纂中的重要作用。《詞詮》引歷代多家大量的故訓為釋，並引大量古代典籍作為書證，這些都必須以諳熟故書故訓為前提；《詞

詮》釋義精當，訓釋方式方法多樣，有形訓、聲訓和義訓，又有異文證義、互文定義、句例推義，這些都基於楊氏精深的訓詁學造詣。

《詞詮》的辭書學價值，概以三端：[2]

一是為後世辭書編纂開創了可資借鑒的體例。《詞詮》開創了「以字為頭，以詞為綱，以義為目」的新體例，對每一個詞，「首別其詞類，次說明其義訓，終舉例以明之」。（《詞詮‧序例》）後來呂叔湘寫專講常用虛詞的《文言虛字》（1944），就沿用《詞詮》的體例；再後來楊伯峻《古漢語虛詞》（1981）、徐仁甫《廣釋詞》（1981）等的體例，亦借鑒楊氏；如今的各種辭書的體例，從總體上看，也不出《詞詮》的框架。

二是為後世詞目確立、義項分合創造了條件。楊氏掌握的訓詁材料多，每字分類繁複，有的甚至達幾十條之多。今天看來，這些義項的分類和解釋就可作為辭書詞目確立、義項分合的參考材料。

三是大量的書證為今天的辭書編纂和語言研究提供了材料。呂叔湘《文言虛字‧序》雲：「楊樹達先生的《詞詮》就很好，搜羅的例句很豐富。」據湯可敬先生統計，《詞詮》共採擷例句6788條。湯可敬：《〈詞詮〉述評》，《楊樹達誕辰百周年紀念集》，191204頁。

二　「新式字典」的設想

楊氏受西學影響，文字訓詁以探源為目標。他心儀西式字典，雲：「少年時代留學日本，學外國文字，知道他們有所謂語源學，偶然翻檢他們的大字典，每一個字，淵源都說得明明白白，心竊羨之。」（《述林‧自序》）而他認為漢語語源研究的重要目的之一就是

2　以下三端于湯可敬先生《〈詞詮〉述評‧四》有參考，《楊樹達誕辰百周年紀念集》，頁191至204。

編纂出區別於舊式字典的「新式字典」，即像西方那樣「附載語源」
的字典：

> 近世一般人頗感於舊式字典之不完，而欲重為編纂。然餘觀西
> 方之字典，即極尋常之種類，亦必附語源，備人尋檢。今之欲
> 編新式字典者，附載語源乎？抑不載乎？若不載耶？何以異於
> 舊者也。若附載耶？將從何措手也？故吾意必語根研究明白，
> 而後有真正新式完備字典之可言。（《論叢・形聲字聲中有義略
> 證》）

　　無獨有偶，王力《理想的字典》提出「理想的字典」要「明字義
孳乳」、「明時代先後」，並於《中國語言學史》書末提出要編「一部
歷史性的漢語大詞典」；蔣禮鴻提出《漢語大詞典》的編寫要「推溯
語源，說明詞族」。[3] 王、蔣都強調詞典編纂要「明詞義源流」的語源
思想，這些和楊氏的設想也是一致的。

三　楊氏訓詁材料用於辭書編纂例舉

（一）書證

　　即作為詞目存在某一義項的例句。如《漢語大詞典》：

> 「發」條下：【發皇】5. 發達興盛。楊樹達《積微居小學述
> 林・擬整理古籍計畫草案》：「吾輩幸生於二十世紀之今日，各
> 種專門之學，日見發皇，時時有專門學者討論涉及古經。」

3　轉自徐超：《中國傳統語言文字學》（濟南市：山東大學出版社，1998年），頁330。

「經」條下：【經界】2.界限。章炳麟《文學總略》：「然《雕龍》所論列者，藝文之部，一切並包，是則科分文筆，以存時論，故非以此為經界也。」楊樹達《積微居小學述林·〈說文引經考〉序》：「又或繁稱博引，漫無經界，違失許旨。」

（二）釋義

1　義項確立的依據

　　就是僅引楊氏一家的訓詁材料，作為詞目具有某一義項的釋義依據。如《漢語大字典》：

　　「尤」字條下：②「刺」。後作「扰」。《墨子·經說上》：「劍尤甲，死生也。」楊樹達《墨經校詮》：「《說文》：『扰，深擊也。』《廣雅·釋詁》：『扰，刺也。』字亦作揕。……劍尤甲即劍扰甲，謂以劍刺甲也。」

　　如《漢語大詞典》：

　　「橧 1」下：用柴薪堆造的住處。楊樹達《積微居小學金石論叢·釋曾》：「聚薪柴人居其上謂之橧。」

　　「介 2」下：【介 2 老】猶言一老。楊樹達《積微居小學述林·詛楚文跋》：「介有獨特之義，介老猶言一老也。《詩·小雅·十月之交》、《左傳·哀公十六年》並雲『不憖遺一老』，可證。」

　　「工 1」下：1.工具。一種曲尺。《說文·工部》：「工，巧飾也，象人有規榘也。」楊樹達《積微居小學述林·釋工》：「許

君謂工象人有規榘，說頗難通，以巧飾訓工，殆非朔義。以愚觀之，工蓋器物之名也。知者：《工部》巨下雲：『規巨也，從工，象手持之。』按工為器物，故人能以手持之，若工第為巧飾，安能手持乎⋯⋯以字形考之，『工』象曲尺之形，蓋即曲尺也。」

「久 2」下：9.「灸」的古字。灸療，灸灼。睡虎地秦墓竹簡《封診式・賊死》：「男子丁壯，析色，長七尺一寸，發長二尺，其腹有久故瘢二所。」楊樹達《積微居小學述林・釋久》：「古人治病，燃艾灼體謂之灸，久即灸之初字也。」

如《漢語方言大詞典》：

【采頭】（名）吉凶先兆。湘語。湖南長沙。楊樹達《積微居小學金石論叢・長沙方言考》：「按謂吉凶之先兆也，今長沙雲～，有看～，抽～之語。」

【幕子】（名）錢幣的背面。湘語。湖南長沙。楊樹達《積微居小學金石論叢・長沙方言考》：「《漢書・西域傳》雲：『以金銀為錢，文為騎馬，～為人面。』如諄曰：『～，音漫。』今長沙謂錢背面曰～，音正如漫。」

今按：《長沙方言考》、《長沙方言續考》共考證長沙方言詞244條，其中多數被《漢語方言大詞典》引用以釋湖南長沙方言。

2 義項解釋的依據

即引楊氏訓詁材料和其他材料，共同作為詞目具有某一義項的釋義依據。如《漢語大字典》：

「臣」下：①戰俘。《說文・臣部》「臣，牽也。」楊樹達《臣牽解》：「臣之所以受義於牽者，蓋臣本俘虜之稱……囚俘人數不一，引之者必以繩索牽之，名其事則曰牽，名其所牽之人則曰臣矣。」《禮記・少儀》：「臣則左之。」鄭玄注：「臣，謂囚俘。」孔穎達疏：「臣，謂征伐所獲民虜者也。」

如《漢語大詞典》：「放」下：

【放唐】指唐堯。《文選・班固〈典引〉》：「答三靈之蕃祉，展放唐之明文。」李周翰注：「放唐，謂堯也。」楊樹達《積微居讀書記・讀〈後漢書〉劄記・班固傳》：「『放』，疑謂『放勳』，『放唐』猶雲『唐堯』也。」

「韋」下：【韋遝】即革鞜。皮鞋。漢桓寬《鹽鐵論・散不足》：「婢妾韋遝絲履。」楊樹達《要釋》：「《漢書・揚雄傳》《長楊賦》雲：『革鞜不穿。』注雲：『鞜，革履。』案：『遝』與『鞜』同。『韋』『革』義同。韋遝，即革鞜也。」王利器←校注引←王佩諍曰：「案《廣雅》：『蹋，履也。』蹋俗作踏，再簡之則為遝矣，則韋遝猶言皮鞵（鞋）…… 居延漢簡有韋遝，是漢時邊防軍事中多用之。」

「韋 1」下：5.背離。「 違 」的古字。《說文・韋部》：「韋，相背也。」朱駿聲通訓：「經傳多以違為之。」《漢書・禮樂志》：「五音六律，依韋饗昭。」顏師古 注：「依韋，諧和不相乖離也。」楊樹達《積微居小學述林・釋正韋》：「按形求義，韋即違之初文也。」

「官」下：【官實】指官員。《呂氏春秋・行論》：「使者行至齊。齊王方大飲，左右官實，禦者甚眾，因令使者進報。使者

報言 燕王 之甚恐懼而請罪也，畢，又複之，以矜左右官實。」高誘注：「官實，官長也。」楊樹達《積微居讀書記・讀〈呂氏春秋〉劄記・行論篇》：「餘謂『官實』謂有司也。所以稱『官實』者，官字從宀，本謂官寺，即今言官署也，指地言，不指人言（說詳餘《釋官》篇）。有司所以實官寺，故雲『官實』爾。」

如《漢語方言大詞典》：

【瘩子】（名）行為不好的子弟。（一）湘語。湖南長沙。楊樹達《長沙方言考》：「長沙今指人之不肖者曰～。」
【扯唐】（動）亂扯胡說。（二）湘語。湖南長沙。楊樹達《長沙方言考》：「今長沙謂言語不實者曰～。」
【匡當】（名）物體的邊緣，外周。（二）湘語。湖南長沙。楊樹達《長沙方言考》：「今長沙謂百物體之輪廓曰～。」

（三）解形

如《漢語大字典》：

「甬」下：《說文》：「艸木華甬甬然也。從用聲。」楊樹達《積微居小學述林》：「甬象鐘形，乃鐘字之初文也。知者，甬字形上象鐘懸掛，下象鐘體，中橫畫象鐘帶。」
「冂」下：楊樹達《積微居小學述林》以為冂「乃扃之初文……左右二畫象門左右柱，橫畫象門扃之形。」
「辱」下：楊樹達《積微居小學述林》：「字形中絕不見失時之義也……辱字從辰從寸，寸謂手，蓋上古之世，尚無金鐵，故

手持摩銳之蜃以芸除穢草，所謂耨也。」陳初生《金文常用字典》:「工」字條:〔析形〕工字甲骨文作，楊樹達謂「工象曲尺之形。」

「兄」字條下:〔析形〕兄字甲骨文作、、、，象人跪跽祝告之形，與祝之初文同構，其用為兄者，楊樹達謂或與兄任祝職有關。

第三節　文史研究及其他

訓詁學科的實用性還體現在其應用于文史等研究領域。楊氏訓詁在文史研究領域乃至其他方面亦有著廣泛的應用，其例甚多，茲僅取數例。

一　語言研究

楊氏訓詁可以作為材料說明語言學理論，如徐通鏘就利用楊氏「因聲求義」的訓詁材料，揭示其研究途徑，從而說明「漢語上下位概念關係的編碼機制」:

——「形」義只表示某一類具體的現象，處於一種輔助的地位，而「聲」義表示的是一種抽象、寬泛而帶綱領性的意義，抓住了它，就等於抓住了語義結構的綱，綱舉目張，人們可以據此把握一批字的意義。現據楊樹達（1934a）《釋贈》一文的研究，考察「曾」聲諸字的語義關係，進而說明相關的編碼原理。現將該文的相關部分引述如下（下引楊氏略）……楊樹達為此列舉了 9 個例子（下引楊氏略）……這就是以「曾」為聲

而形成的一組字。「曾」聲表示「加益」之義，寬泛而籠統，可以泛指任何現象的「加益」，而輔之以「形」以後而形成的字義就比較具體，只強調某一種現象的「加益」，是從「聲」的意義中衍生出來的，因而聲、義之間存在一種理據性聯繫。這一組字可以稱之為以「曾」為「聲」的字族。字族中「聲」義表示的是一種上位概念，而「聲」與「形」相結合而構成的字義表示的則是一種下位概念；「聲」義是綱，在字義結構中的地位相當於義場，「形」義是目，提示義場所隱含的語義特徵。

——抓住「聲」進行字義關係的研究是一種聲訓的途徑，這既是富有中國特色的歷史語言學，也是富有漢語特點的語彙學和語義學。楊樹達以「聲」為綱，撰寫了一系列《說×》的文章，論述字族中字義之間的關係。《形聲字聲中有義略證》一文具有理論討論的性質，論述了「聲、崔聲字多含曲義」、「燕聲晏聲字多含白義」、「曾聲字多含重義加義高義」、「赤聲者聲朱聲叚聲字多含赤義」、「取聲奏聲悤聲字多含會聚之義」等 9 組以「聲」為綱的字義關係，並由此得出結論，「吾國語言義逐聲生」，「字義既緣聲而生，則凡同義或義近之字，析其聲類，往往得相同或相近之義」，此「皆語言之根柢，歐洲人謂之 etymology」，「蓋語根既明，則由根以及幹，由幹以及枝葉，綱舉而萬目張，領挈而全裘振，於是訓詁之學可以得一統宗，清朝一代極盛之小學可以得一結束」。……我們從字族結構原則的平行性中得到的一個重要啟示，就是可以悟察到上下位概念關係在漢語編碼體系中佔有非常重要的地位，是漢語的一種基礎性的編碼機制。

——楊樹達的聲訓論是清乾嘉以來「因聲求義」這一研究途徑的延續和發展……除了上述楊樹達的研究以外，還有沈兼士的

「右文說」和王國維的聲訓論。今天看來，這些研究仍有很重要的價值，值得總結和繼承，而且對改進義場理論的研究也不無意義。

——楊樹達（1936）《釋雌雄》一文列舉了一系列含有「大」、「小」意義的字族，我們不妨以此為基礎，結合王念孫的《廣雅疏證》、梁啟超的《飲冰室文集》所列舉的幾個例子，進行一些比較，然後考察這種編碼原則與語言表達的關係。（徐通鏘《編碼機制的調整和漢語語彙系統的發展》，《語言研究》2001 年第 1 期。）

徐氏又用以說明漢語語義的重新分析問題：

重新分析在漢語史上是一件經常發生的事情，而且大多是利用漢字所提供的線索對相同的語言事實作出不同的規律性解釋。這種重新分析與印歐語有比較明顯的差異……這裡不妨以楊樹達（1935）的《釋聽》為例討論相關的問題。（以下引楊氏原文略）……這是利用字形和文獻提供的種種線索，對舉印證，對「聽」字的含義進行的重新分析。這裡沒有結構單位間的線性組合，也不是因語言的發展而產生的新現象，而完全是對字義的認識的深化，說明語義型語言的重新分析有它自己獨特的表現形式。（徐通鏘《字的重新分析和漢語語義語法的研究》，《語文研究》2005 年第 3 期。）

二　文學研究

用以解釋文類意義，如：

美國華裔學者陳士驤的論文《詩經在中國文學史上和中國詩學裡的文類意義》（1969），援引中國學者楊樹達、聞一多、商承祚、郭沫若關於「詩」「興」二字字源的考證，揭示以《詩經》為代表的中國上古抒情詩的詩體特質，作為其基本特點的「興」的原始意義，蘊含著詩歌的社會功能和詩歌內在的特質。（夏傳才：《略述國外〈詩經〉研究的發展》，《河北師院學報》社科版 1997 年第 2 期。）

又：屈原「受命詔以昭詩」的「詩」到底是什麼呢？楊樹達先生考察先秦典籍中詩的含義，作有一篇《釋詩》，為論者廣泛引用，楊氏認為，「詩」古文作「」，從言，聲。言即言志也。（注：《積微居小學金石論叢》增訂本，中華書局 1983 年版，第 2526 頁。）志從心，從。本義為記憶、記載。《國語・晉語九》：「志有之曰：『高山峻原，不生草木。松柏之地，其土不肥。』」注曰：「志，記也。」「在心為志，發言為詩」，那麼，「詩」便是負載記憶的口誦形式。「詩」以韻語的形式記載、承載民族的歷史文化。（韓高年：《〈九歌〉楚頌說》，《中州學刊》2003 年第 1 期。）

用於說明文體（書劄體）演變：

楊樹達《漢書窺管》引張爾岐《蒿庵閒話》卷一雲：「古人往來書疏，例皆就題其末以答，唯遇佳書心所愛玩，乃特藏之，別作柬以為報。晉謝安輕獻之書，獻之嘗作佳書與之，謂必存錄，安輒題後答之，甚以為恨。漢人藏遵尺牘，亦愛其筆劃也。」（躍進：《〈獨斷〉與秦漢文體研究》，《文學遺產》2002年第 5 期。）

三　史學研究

用以辨名物，如：

南方的風和神，經袁珂先生考訂，《大荒南經》當作：「有神名曰因乎，南方曰因，來風曰民。」所校極是，便於我們把《山海經》與《堯典》、甲骨卜辭的有關記載結合起來相互印證。南方的神，卜辭曰夃，胡厚宣釋為「夾」，楊樹達進一步釋為：「夾之義同『莢』，謂南為夏方，夏為草木莢之時。」（楊樹達《積微居甲文說》）故南方之神，應為夏神。

北方的神，《山海經》曰「　」，甲骨文曰「宛」。胡厚宣謂「讀為宛」。認為：「宛」為「冬季萬物潛伏，草木有覆蔽之象。」楊樹達據《說文》「屈草自覆」，解「宛」為「草木蘊郁」（楊樹達《積微居甲文說》），即草木枯衰之形，以「宛」為商代冬季之名。故北方之神，當為冬神。（敖依昌：《鳳神話溯源》，《重慶師院學報》哲社版 1996 年第 6 期。）

用於明史實，如：

孔子亦不贊成厚葬顏淵。「顏淵死，門人欲厚葬之。子曰：『不可！』門人厚葬之。子曰：『回也視予猶父也，予不得視猶子也。非我也，夫二三子也。』」（《論語‧先進》）楊樹達先生按：「孔子喪顏淵若喪子。而門人不從孔子之言，厚葬顏淵，孔子之志不行。故雲予不得視猶子，所以責門人也。」（《論語疏證‧先進》）顯然，在孔子看來厚葬顏淵不光是奢儉問題，更為重要的是這樣做違反了「禮」的等級名分規定。以顏淵的

身份本不應享有厚葬的待遇。(傅允生:《孔子、老子消費觀比較》,《財經論叢》2001 年第 3 期。)

用於明禮制,如:

關於「從」的意思,歷代學者頗多爭論。……歷代學者對此也有不同意見。如東漢王充和近代 章太炎曾加以非難。楊遇夫(樹達)先生所著《說》(楊樹達:《積 微居小學金石論叢》,中華書局 1983 年新 1 版,第 8283 頁)一文則多方加以維護。楊先生論述神判規範在我國可謂源遠流長,雖史書所不載卻是不容置疑的事實。其文誠可謂「真知灼見」,論證了古代神判的社會基礎。茲將《說》摘抄於後。(以下引楊氏略)(胡大展:《「灋」意考辨──兼論「判決」是法的一種起源形式》,《比較法研究》2003 年第 6 期。)

用於明政區,如:

對「保災令」中的「西方一州二部」一句,楊樹達先生認為有誤,原文應作「西方二州一部」。(楊樹達先生說:「一州二部,景祐本同,疑當作二州一部。」《漢書窺管》,《楊樹達文集》之十,上海古籍出版社 1984 年,第 825 頁。)我相信楊先生的意見是可取的。若取楊先生之說,則王莽的東南西北四方合計應為 9 州、4 部。(閻步克:《詩國:王莽庸部、曹部探源》,《中國社會科學》2004 年第 6 期。)

四　中外文化交流

20世紀30年代東京文理科大學的諸橋轍次在教授《老子》時，即以楊樹達的《老子古義》為教本。東京法政大學教授長澤規矩也曾將楊氏的《老子古義》、《高等國文法》、《漢書補注補證》三書，列入所編的《支那學入門書解題》中。

楊樹達的著作在美國也受到了高度重視。美國漢學家大布士在翻譯《漢書》、《帝紀》及《王莽傳》時，即以《漢書補證》作參考。

楊樹達還與瑞典漢學家高本漢建立了文字之交，多次互贈論著。高本漢對楊氏的《老子古義》甚為贊許，認為其所引極詳，並將其字數一一計算。高本漢在其所著的《詩經研究》中論及老子時，肯定《老子古義》為佳作。高本漢在寫作《老子韻考》時原文引證了《老子古義》。

楊樹達與蘇聯漢學家阿理克也有密切關係。阿理克對楊氏的著作極為佩仰，1935年他致信楊樹達，言及他對楊氏的研究方法，敬慕不已，讀《古書之句讀》尤為受益，並寄贈所考唐司空圖《二十四詩品》。[4]

4　以上參考、節選自李長林：《楊樹達先生與中外文化交流》，《古籍整理研究學刊》1990年第1期，頁13至14。

第九章
楊樹達的訓詁成就和局限

第一節 成就及影響

　　楊氏訓詁，根于傳統，貴在納新，「溫故知新」一語，可以概括其訓詁特色。訓詁之學，綿延千年，治之者大都徘徊于乾嘉高峰之前，僅因兩端：或無新材料，或缺新方法。段王以聲為義，得益於歸納之法；虛實交會，則因其善考文例（比較之法）。學問之事，無以承傳，不得創新：段王之學，楊氏承之。正當傳統訓詁囿於材料似乎山窮水盡之時，卜辭大出，甲金之學勃興；西學東漸，西方語言學理論、方法介入。緣乎此，千年訓詁再現生機。楊氏因應時勢，廣稽甲骨金石於訓詁，以探求文字語源為依歸，從而取得了超乎段王的訓詁成就。[1]「赤縣神州訓詁學第一人」，[2]楊氏之謂也。

　　語義是訓詁的核心，而形音義相依之理是訓詁的本質和基礎理

1　羅常培：「遇夫先生的研究方法，主要是得之于高郵王氏父子和金壇段氏，同時還吸收了一些近代學者和外國學者的新方法，所以他的成就有些地方又超乎王念孫、王引之父子和段玉裁之上。」（《悼楊樹達（遇夫先生）》，《楊樹達誕辰百周年紀念集》，頁254至257。）劉又辛：「（楊氏）在字本義的研究和文字的演變等方面，都比王氏有更多的成就。」（《文字訓詁論集》，頁219。）楊伯峻：「他對文字學的研究，雖說繼承清代學者段玉裁、王念孫而來，而其所得成果實已大大超越段玉裁、王念孫。這一點已為專家們所公認。」（《追悼楊樹達先生》，《楊樹達誕辰百周年紀念集》，頁260至264。）

2　陳寅恪：《論叢續稿序》，《楊樹達誕辰百周年紀念集》，頁10；陳寅恪1942年8月2日又在致楊氏的信中說：「當今文字訓詁之學，公為第一人，此學術界之公論，非弟阿私之言。」見《楊樹達誕辰百周年紀念集》，頁4。

論；因此，形義觀、音義觀、語義觀是把握一個訓詁學家的關鍵所在；此外，楊氏訓詁虛實兼治，專書訓詁成果豐碩。因此，以下從形義之學、音義之學、語義之學、虛實兼治、專書訓詁等五端概述楊氏的訓詁成就和影響。

一　形義之學

如前述，「形義密合說」是楊氏形義之學的核心，即「繼承《蒼頡篇》及《說文》以來形義密合的方法，死死抓緊字形不放」。（《述林·自序》）茲再舉一例：

> 《說文·十四篇下·金部》雲：「鏑，矢鏠也，從金，啻聲。」古書明此字之語源者：《釋名·釋兵》雲：「鏑，敵也，言可以禦敵也。」按凡兵器皆可以禦敵，豈惟鏑乎！成國之說之皮傅，不足據信明矣。近人徐灝《說文段注箋》雲：「鏑之言適也，去此適彼也。」按徐氏以鏑同聲類之適為訓，然去此適彼，矢之全體皆然，何獨限於矢鋒！亦非其義也。餘謂鏑從啻聲，啻從帝聲，而帝從朿得聲，鏑則受義於朿也。《說文·七篇下·朿部》雲：「朿，木芒也，象形。矢鋒銳利，足以傷害人，與木芒同，故取以為義。」朿啻今音雖殊，古音不異，鏑之從啻，猶之從朿矣。（《述林·釋鏑》）

楊氏「形義密合」說的根據則是《說文》：每立一義，幾乎都要徵引《說文》；但他不囿《說文》，于《說文》不「率為異說」，不「苟為雷同」，僅《論叢》、《述林》中明指許君釋形、釋義之失者就達107處（《論叢》23處，《述林》84處）。能如此者，在於楊氏善用各

種字形：有古籀篆文、甲金文字，又利用異體字、古今字、通假字、形訛字，並參證異文；以此為基礎，楊氏或「屈形以就義」，或「因義而定字」，利用「形義密合」說解決了大量的文字訓詁問題。

　　楊氏以甲金之學名家，胡厚宣：「關於甲金之學，惟（楊）先生著作最富，發明最多，其貢獻之大，蓋突破以往所有之學者。」[3]而尤為論者稱道的是，楊氏廣稽金甲文字于訓詁，匡正了《說文》以來多家所釋文字之誤；不僅在《說文》的研究上比章黃「走得更遠」，於訓詁更有著實踐意義：引入了新材料，開創了訓詁的新境界；並和其「形義密合說」、「象形指事會意形聲四書的字往往有後起的加旁字」、「象形指事會意三書的字往往有後起的形聲字」等諸說一起，豐富了傳統訓詁「形訓」的內涵。

二　音義之學

　　「音義之學」是楊氏訓詁之最成功處，即以聲統義，探求語源。這是所謂「新訓詁學」的方向，胡奇光雲：「王力提倡『新訓詁學』，主要是指詞源學。」[4]王力謂楊氏之學為「小學」，殷寄明要為楊氏正名，也是因為楊氏之學已有了區別于傳統「小學」的新質：語源之學。[5]楊氏的語源研究成績突出，何九盈評論說：「章劉之後，語源研

3　湖南師範大學學報編輯部：《楊樹達誕辰百周年紀念集》（長沙市：湖南教育出版社，1985年），頁9。

4　胡奇光：《中國小學史》（上海市：上海人民出版社，1987年），頁356。

5　殷氏謂：「楊樹達所處的時代已非『通經致用』之世，語言文字已非附庸之學。更重要的是楊樹達是以語源學方法貫通其文字、語詞研究實踐的。」又：「楊樹達雖尚稱語言文字學為『小學』，而實際上走的是語源學的路子。」見殷寄明《語源學概論》，（上海市：上海教育出版社，2000年），該86至88。

究成績最為突出的是沈兼士、楊樹達。」[6]宋永培亦概括了楊氏語源研究的貢獻，雲：「他提出的研究語源的方法與總結的規律對於在漢語語源研究中體現與堅持民族持點，使漢語語源研究向著理論化的方向發展，是有重要的推動作用的。」[7]下以兩端明之。

（一）形聲字聲符含義規律的揭示

楊氏研究語源從形聲字入手，即以「右文」為基礎，揭示了大量聲符含義的規律，趙振鐸先生就說：「由於在觀點、方法和材料上都有了新的內容，楊樹達在詞源探索方面有所突破。他吸收了『右文說』的合理因素，推求諧聲偏旁所表示的意義，獲得空前豐碩的成果。」[8]表現在兩個方面。

1 「某聲多具某義」規律的大力闡發

楊氏在《形聲字聲中有義略證》、《字義同緣於語源同例證》、《字義同緣於語源同續證》及一系列《釋×》、《說×》的文章中歸納「某聲多具某義」共74條，「字從某聲，遂具某義」63條。（前已具列。）

2 形聲字聲符有假借

楊氏揭示聲符假借之例共92條。（前已具列。）如前述，這一現象劉師培、沈兼士、黃侃等均有關注，但作為一個條例大力闡發，始自楊樹達，「作為形聲字的一個條例提出來，並以大量實例來論證，

6　何九盈：《二十世紀的漢語訓詁學》，《二十世紀的中國語言學》（北京市：北京大學出版社，1998年），頁53至70。

7　宋永培：《古漢語詞義系統研究》（呼和浩特市：內蒙古教育出版社，2000年），頁514。

8　趙振鐸：《訓詁學史略》（鄭州市：中州古籍出版社，1988年），頁329。

是楊樹達首創的」。[9]

　　聲符含義，顯示的是形聲字所代表詞的語源義，楊氏也稱為「受名之故」，張永言稱之為「詞的內部形式」。「所謂詞的內部形式，又叫詞的詞源結構或詞的理據，指的是以某一語音表達某一意義的理由或根據。」張永言說，關於事物「得名之由」的研究，「從段玉裁、王念孫、王引之，到劉師培、楊樹達，在這一領域裡用力最多，取得的成果也很豐碩。」並論述了其研究意義，「關於這方面的研究，過去的訓詁學家作過不少的努力，也取得了很大的成績。他們根據『音義相關』、『聲近義通』等原理，運用彙集同族詞加以分析綜合等方法，揭示出了許多詞的業已模糊的內部形式。如上述，詞的內部形式的消失會使互相關聯的詞失去聯繫，那麼詞的內部形式的再現自然就意味著這些詞之間的聯繫重新被我們認識。顯然，這對於我們理解語言詞彙的系統性和詞彙、語義的發展演變是很有裨益的。」[10]楊氏的研究意義也在於此。

　　楊氏的「聲符含義」說對後來的語源研究也有較大影響，何九盈就批評王力《同源字典》沒有吸收楊氏聲符含義研究的成果，雲：「（《同源字典》）缺點之二是對漢字聲符兼義的材料全然置之不顧，以致楊樹達等人的優秀成果未能吸收，這是很遺憾的。……講同源字而完全排斥右文說，實不可取。」[11]而「武漢大學黃焯教授寫過一篇《形聲字借聲說》，也是楊氏『借聲說』的具體運用」。[12]

9　殷寄明：《語源學概論》（上海市：上海教育出版社，2000年），頁88。

10　張永言：《關於詞的內部形式》，《語言研究》，1981年創刊號。

11　何九盈：《二十世紀的漢語訓詁學》，《二十世紀的中國語言學》（北京市：北京大學出版社，1998年），頁53至90。

12　何九盈：《中國現代語言學史》（廣州市：廣東教育出版社，1995年），頁519。

（二）系聯了大量同源詞

　　楊氏的文字訓詁系聯、考釋了大量同源詞。在《論叢》、《述林》中，楊氏利用97個聲符的線索，系聯了999個單字，並通過義與音的辨析，歸納了101組同源詞（均可見附表）。所以，殷寄明先生說：「楊樹達的語源學貢獻，要為以下兩端。第一，考釋了大量的同源詞。」[13]蔣禮鴻也指出：「楊遇夫先生的《積微居小學金石論叢》裡有不少釋詞的篇章，提供了探索語源的寶貴資料。」（《漢語語源學・序》）

三　語義之學

　　楊氏探源為訓，認為：「凡事不得其源，則說必乖謬，大抵如此。」（《論叢・形聲字聲中有義略證》）在語源思想指導下的詞義訓釋大都精當、準確；楊氏還多處批評許君釋義「不詳義柢」、「泛訓不切」。楊氏又諳熟秦漢文獻故訓，比較歸納，多能確詁，正如陳寅恪所雲：「（楊）先生平日熟讀三代兩漢之書，融會貫通，打成一片。故其解釋古代佶屈聱牙晦澀艱深之詞句，無不文從字順，犁然有當于人心。」[14]沈兼士亦雲：「舊書雅記，諳熟於胸臆，往往不假字書，能于文辭義例中徑得訓詁之真諦。」[15]

　　楊氏的語義研究是為其文字探源服務的。楊氏辨析了大量同義詞，求得「一義之同」，目的在於以聲統義、得詞義之系統，從而

13　殷寄明：《語源學概論》（上海市：上海教育出版社，2000年），頁87至88。

14　陳寅恪：《論叢續稿・序》，《金明館叢稿二編》（上海市：上海古籍出版社，1980年）。

15　沈兼士：《積微居小學金石論叢序》，《楊樹達誕辰百周年紀念集》（長沙市：湖南教育出版社，1985年），頁17。

「綱舉而萬目張，領挈而全裘振，於是訓詁之學可以得一統宗」；對於學習者而言「斷不至有望洋之歎，而記憶有捷徑可尋」。(《論叢‧形聲字聲中有義略證》) 楊氏之意用陸宗達的話解釋就是：「我們研究語言文字，就要把詞的不同含義綜合起來，推求語源，闡明變化，找出詞義發展的線索，弄清楚它的系統性。這樣，才能更全面地理解這個詞所表示的概念的內涵和外延，更準確地掌握這個詞在不同語言環境中所表示的含義。」[16]

楊氏語義研究的貢獻還在於，通過大量具體詞義的說解揭示了詞義運動的基本形式——引申的一些規律；楊氏作《文字孳乳之一斑》，名為文字孳乳，實際也是六種語義運動規律：能動孳乳、受動孳乳、類似孳乳、因果孳乳、狀名孳乳和動名孳乳；其「字義同緣於語源同」理論，被沈兼士稱為楊氏三大「宏旨」之一，[17]揭示的實際是詞義引申規律，即：「本字義相近，故引申義亦相近」或「字義同緣於受名之故同」。

茲引用陸宗達、王寧之語來評價楊氏的語義研究：「從對詞義的個別訓釋和具體整理達到對詞義的特性和規律進行理論的探討，從而形成體系，這是舊的訓詁之學向科學詞義學前進的過渡。」[18]此語本為評價章黃，但同樣也適用于楊氏。陸、王后文又說：「這個任務，是由近代學者章太炎、黃季剛先生完成的。……傳統訓詁學發展到章、黃，已經開始向科學的詞義學邁進。」單憑章氏「多不根古義」的《文始》、《新方言》以及黃氏授業、手批舊籍中的隻言片語，恐怕

16 陸宗達：《說文解字通論》(北京市：北京出版社，1981年)，頁118。
17 沈兼士：「今先生私淑王氏，造此宏旨，約具三綱：形聲字聲中有義，一也。聲母假借，二也。字義同緣於受名之故同，三也。循是以求訓詁之理論，若網在綱，有條不紊矣。」見《積微居小學金石論叢序》，《楊樹達誕辰百周年紀念集》(長沙市：湖南教育出版社，1985年)，頁17。
18 陸宗達、王寧：《訓詁與訓詁學》(太原市：山西教育出版社，1994年)，頁23。

是完不成「過渡」這一系統工程的。公道地說，不唯章黃，也不惟唯
氏，而是那一代人共同完成的事業；但作為實踐者和見證者，楊氏當
是起著突出貢獻的一位。

四　虛實兼治

楊氏繼承發揚高郵王氏「虛實兼治」之長，以語法修辭明訓詁；
楊氏訓詁方式方法多端，對文、連文、異文、語境、比較互證、歸納
演繹皆用；視野開闊，取材廣泛，「傳注之外，凡現代語言及其它一
切皆取之」為用。尤其是以語法通訓詁，「通訓詁，審詞氣」等已經
成了「楊氏語錄」，涉論者言必稱引。趙振鐸就評價說：「清代一些學
者分析語言能夠有語法觀念，但還沒有構成一個系統。楊樹達掌握了
現代語法學的科學理論，在分析語言事實的深度和廣度上都超過了前
代學者，為訓詁學開闢了一條新路。」[19]，即使在今天，蔣紹愚仍在
呼籲：「在訓詁學研究中如果忽視語法，就會出現許多問題，這是我
們今天的訓詁學研究所必須注意的。」[20]可見，楊氏的「虛實兼治」
在訓詁學較為發達的今天仍不失其方法論意義。

五　專書訓詁

楊氏注釋、輯校或考證的古籍很多，有《左傳》、《戰國策》、《周
易》、《尚書》、《論語》《老子》、《莊子》、《荀子》、《呂氏春秋》、《史
記》、《漢書》、《淮南子》、《鹽鐵論》等20餘種。其成果有以論文形式

---

19 趙振鐸：《訓詁學史略》（鄭州市：中州古籍出版社，1988年），頁331

20 蔣紹愚：《訓詁學和語法學》，載《漢語詞彙語法史論文集》（北京市：商務印書
　　館，2000年），誃178至187。

寫成的，多收在《論叢》、《述林》和《積微居讀書記》中；有以專著
出版的，比較重要的有《周易古義》、《老子古義》、《論語疏證》、《春
秋大義述》、《漢書窺管》、《漢代婚喪禮俗考》、《淮南子證聞》、《鹽鐵
論要釋》等。

楊氏治史，於《漢書》用力尤多，時人稱為「漢聖」；所成《漢
書窺管》，訓詁兼具校勘，陳直《漢書新證自序》雲：「在《漢書補
注》之後，最近成注者，則有楊樹達先生《漢書窺管》，對於訓詁校
勘，很有參考之價值，在古物方面，亦間有徵引。《漢書疏證》，不能
與之相比。」楊伯峻則謂以《漢書窺管》補充《漢書補注》，則「研
讀漢書，已無剩疑。縱有地下發掘，只能作為補充或證明漢代史料和
史實，恐難翻倒遇老之所考訂」。[21]

《論語疏證》既述且作，陳寅恪先生有評：「今先生彙集古籍中
事實語言之與《論語》有關者，並間下已意，考訂是非，解釋疑滯，
此司馬君實李仁甫《長編考異》之法，乃自來詁釋《論語》者所未
有，誠可為治經者辟一新途徑，樹一新模楷也。」（《論語疏證陳
序》）楊氏之前治《淮南子》者，有許慎、高誘、王念孫、俞樾諸
家；《淮南子證聞》審詞氣、校前修，曾運乾《春秋大義述序》謂楊
氏「校《淮南》殆鼎足高許」[22]，彭澤陶先生序曰：「先生承諸家之
後，既總三術（即聲韻、文法、修辭）加密焉，複博證先漢古籍，而
不濫采唐宋類書，所獲愈多而亦愈審。其于二氏（指王、俞），規過
祛妄，無慮百數十條，即許高之注，亦時加訂正，此非吹索前修，實
以開牖後學。」楊伯峻先生謂《鹽鐵論要釋》、《淮南子證聞》、《積微
居讀書記》「每立一義，多能確鑿不移」。[23]

---

21 楊伯峻：《楊樹達文集前言》，《楊樹達誕辰百周年紀念集》，頁26至38。

22 曾運乾：《春秋大義述序》，《楊樹達誕辰百周年紀念集》，頁24至25。

23 楊伯峻：《楊樹達文集前言》，《楊樹達誕辰百周年紀念集》，頁26至38。

　　茲引曾、餘兩家概述楊氏的訓詁成就及治學之風。曾運乾先生《積微居小學述林序》：「積微楊子既本溫故知新之見解，以從事一切學問，疏通群籍，校理秘文，亦既發疑正讀，超二王而邁俞孫矣；（前已引，下從略）……斯實蒼史之功臣，許君之諍友也。」[24]余嘉錫先生《積微居小學金石論叢序》：「然于君之治學之方，則知之已熟。蓋君之讀書，先致力於根柢，循序漸進，不淩節而施：其于《說文》諷籀極熟，於群經講貫極精，然後上溯鐘鼎甲骨之文以識其字，旁通百家諸子之書以證其義，窮源竟委，枝葉扶疏，著書至十萬餘言。頌班孟堅書不復持本，終卷不失一字，古所謂漢聖無以遠過。」[25]

第二節　局限與商榷

　　楊氏辭世以來的半個世紀，語源、訓詁之學取得長足進展；以今日之成果檢討楊氏訓詁，既有千慮之失，也有其時代局限：楊氏訓詁畢竟是從傳統「小學」邁向現代語言文字之學的。唐鈺明曰：「判斷一個學者在學術史上的地位，最主要的是看他作出了多少建樹，而不在於他有多少疏失。」[26]今以「宏觀審視」、「個案商榷」兩端述楊氏之失，不為苛責求疵，只為求備與就教。

---

24 曾運乾：《積微居小學述林序》，《楊樹達誕辰百周年紀念集》頁13至14。

25 余嘉錫：《積微居金石論叢序》，《楊樹達誕辰百周年紀念集》（長沙市：湖南教育出版社，1985年），頁19。

26 唐鈺明：《顧炎武的訓詁學》，《著名中年語言學家自選集・唐鈺明卷》（合肥市：安徽教育出版社，2002年），頁67。

一 宏觀審視

（一）術語問題：「語源同」含義辨正

楊氏作《字義同緣於語源同例證》和《字義同緣於語源同續證》，共以71組同義字（除去重複者4組）為例，說明「字義同緣於語源同」。如：

表 29　楊樹達「字義同緣於語源同」例字

同義字	贈	貺	貱	賜	賞	賀
意義	增禮	增賜	賜予	加賞	加賜	加禮
聲符	曾	兄	皮	易	尚	加
語源同	曾聲字有加義；兄有孳益義；皮字有加義；易可假為益；尚有加義					

可見，楊氏所說的「語源同」實際是指「語源義相同」，即字義相同的一組字，依照聲類探尋每個字的「受名之故」，得出他們各自的語源義相同。如贈、貺、貱、賜、賞、賀字義相同，聲類不同，但析其各自聲類，均含有「加」義。總觀楊氏所舉71組例字，絕大多數都是聲類不同、語源義相同的同義字。（極少數聲類同當是偶合。）因此，「字義同緣於語源同」實際上揭示的是詞義運動規律，即：

> 二字義同，其所以得義之故往往相同。（《論叢‧釋經》）
> 字義同，故其孳乳不得不同矣。（《論叢‧釋偽》）
> 義相近似之字，其所孳乳之字義亦相近似，此順言之也。逆言之，則義相近似之字，其語源相近似也。（《述林‧字義同緣於語源同續證》）

關於這一點，楊氏解釋得很清楚，如：

> 字義既緣聲而生，則凡同義之字或義近之字，析其聲類，往往
> 得相同或相近之義，亦自然之理也。(《論叢・形聲字聲中有義
> 略證》)
> 蓋語言皆受義於其聲，字義相近，則此諸字所從之聲類義必相
> 近。(《論叢・釋贈》)

不僅如此，而且反復強調：

> 鋒受義於昆蟲，鏑受義於艸木，皆天然之物也。二字義近，故
> 其受名之故亦相近矣。(《述林・釋鏑》)
> 按饐之言阻遏也，與饐之言壹閉義同，義近故語源亦相近也。
> (《述林・釋壹》)
> 字義相同，其所以得義之故亦同。(《論叢・釋晚》)
> 語源同，故孳乳亦同矣。(《論叢・釋頒》)
> 談之言剡，說之為銳，語源同故其義同矣。(《論叢・釋說》)
> 本字義近，故引申義亦相近也。(《述林・釋卩》)

同時，楊氏的「語源同」還可指「構造同」：「語源同或雲構造
同。悉言之，構造同謂象形會意字，……語源同為形聲字，……兩者
難別，亦可互用也。文字先有義而後有形，義同，故以相同之構造表
之也。」(《述林・字義同緣於語源同續證》)

可見，楊氏「語源同」是指「得名之故（語源義）相同」或「構
造（所會之意）相同」，和現代意義的「同源」或「語源同」不是一
回事：現代意義的「同源」或「語源同」是指「音義皆同」或「音近

義通」，王力《同源字論》：「凡音義皆近，音近義同，或義近音同的字，叫做同源字。……同源字必然是同義詞，或意義相關的詞，但是，我們不能反過來說，凡同義詞都是同源詞。」

但有人批評楊氏說：「同源字應該都是同義字，但同義字並不全是同源字，所以『字義同緣於語源同』，這種提法本身就很含混，因為並不是所有字義相同的字都緣於語源相同。就以贈、睨、賞、賀、貶、賜而言，只是一組同義詞，他們並不是同一語源的族屬關係，他們也不存在共同的語音形式。」[27]很顯然，這是對楊氏「語源同」的誤解；還有人甚至說《字義同緣於語源同例證》考釋同源詞54組，《字義同緣於語源同續證》考釋同源詞21組！[28]而這75組詞僅僅語源義相同！

當然，有極少陣列是同源詞，但僅是客觀偶合，楊氏本意也還是僅指「語源義」相同，如：

> 水所底謂之坻，水所止謂之沚，水所著謂之陼，字義同則語源同也。（《述林・釋坻》）

楊氏講「同源」也有音義兼顧者，如以「某聲多具某義」系聯的同源詞，再如：

> 凡字之同源者往往同音，面權高起，故謂之頯頵，又謂之胒，脽亦高起，故謂之尻，又謂之，鼻稱準，亦言其高聳也。（《述林・釋頯胒》）

---

27 何九盈：《中國現代語言學史》（廣州市：廣東教育出版社，1995年），頁519。

28 殷寄明：《語源學概論》（上海市：上海教育出版社，2000年），頁87。

京聲字蓋有雜義。……古京與羹同音，從京猶從羹也。……章
氏《文始》謂得義於鹵，按鹵模唐二部陰陽對轉，音理固為可
通，惟鹵鹹苐為五味之一，不含雜義，似不如謂受義於羹較為
吻合矣。（《論叢・釋》）

綜上所述，楊氏「語源同」、「同源」既用於僅指「語源義相
同」，也可指「構造相同」，甚至可以指「音義皆同（通）」。這是傳統
訓詁學術語的「一名多義」問題，而不屬於其他性質的問題。傳統訓
詁學術語混亂問題由來已久，或「一名多義」，或「一義多名」，楊氏
並沒有擺脫。同樣的問題還有，如楊氏言「孳乳」，既可指「文字孳
乳」，又可指「詞義引申」；「同義連文」則用「並言」、「連言」「連
文」等多個術語。加上楊氏處於語源學的草創時期，讓他給「同源」
一個確定的名稱或定義，幾近苛求。

同樣的苛求還有曾昭聰氏，雲：楊氏「聲中有義」不夠確切和科
學，當改為「聲符示源」。[29]「聲中有義」是指聲符字不僅表示形聲字
的讀音，而且還表示形聲字的意義的文字現象，反映了聲符字和形聲
字間的音義關係。而「聲符示源」是從語源學的角度，從聲符字和形
聲字間的音義聯繫中說明聲兼義現象的實質。前者說明文字音義關係
的現象，後者強調文字音義關係的語義功能本質。「聲中有義」作為
一個術語至今還有人大量使用。因此，二者不存在哪個術語更科學的
問題，著眼點不同而已。

（二）先入為主，難免臆說

「從原則出發，而不是從材料出發，這是楊氏在研究方法上的缺

---

29 曾昭聰：《形聲字聲符示源功能述論》（合肥市：黃山書社，2002年），頁170。

點……以某種『理論』作為語法的準繩，而不顧語言事實，則這種所謂理論是站不住腳的。」[30]這是王力評價楊氏的語法研究，雖然略顯過頭，但用以觀察楊氏的訓詁研究，在一定程度上也存在同樣的問題。

1 聲符有義

音義關係的約定成俗性，決定了「右文」表義的非必然性；音少義多的矛盾性和音義關係的回授性，又使得「聲符有義」現象大量存在。因此，如果將「聲符有義」作為一個訓詁原則或造字原則，當然是錯誤的，具體表現在兩個方面：「一方面，同從一聲的形聲字在意義上不見得都有聯繫；另一方面，為在意義上有明顯聯繫的同源詞而造的形聲字，也不見得都從同一聲旁。」[31]楊氏對此有一定的認識，如他主要根據《說文》的釋義，歸納比較從某一聲符而具某義的形聲字，有意回避了一些同從某聲而不具某義的形聲字（如曾聲、兆聲等即是如此），從而得出「某聲往往有某義」、「某聲多具某義」。楊氏不像段氏用「皆」、「凡」等全稱肯定判斷，去以偏概全之病。同時需要指出的是，楊氏雲「聲符有假借」必須以「聲符含義」為前提，否則「假借」便失其所據。如前述，在形聲字中，聲符含義並不是必然的現象，如楊氏雲：「《七篇上・鼎部》雲：『鼏，鼎之圓掩上者，從鼎，才聲。』……然則從才者殆假才為子也。」（《述林・造字時有通借證》）由於楊氏沒有確鑿證據說明才聲有義，雲「假才為子」難免臆說；又：**蟛蜞**本為連綿詞，但楊氏卻說蟛受義於帶，蜞受義於東（說詳後），此其一。

其二，同從一聲，不必雲聲符假借。如：

30　王力：《中國語言學史》（太原市：山西人民出版社，1981年），頁180。

31　裘錫圭：《文字學概要》（北京市：商務印書館，1999年），頁178。

《一篇上・士部》雲:「壻,夫也。從士,胥聲。」按壻從胥聲者,當受其義於諝。《三篇上・言部》有諝,《十篇下・心部》有,二皆訓知,擇壻者必以才知,今通俗言郎才女貌是也。諝皆從胥聲,故得借胥為諝也。(《述林・造字時有通借證》)

今按:既然壻諝都同從胥聲,憑什麼壻所從之胥借為諝?其實用「某聲多具某義」就可解釋,大可不必雲假借。再如:

又雲:「諝,知也,從言,胥聲。」按胥訓蟹醢,與知義絕不相會,胥乃疏諸字之假也。《二篇下・疋部》雲:「,門戶疏窗也。從疋,疋亦聲,囪象形。讀若疏。」門戶窗有通孔,故皆訓通。凡物通者智而塞者愚,故諝訓為知,胥實疏諸字之假。胥從疋聲,與疏三字同,故得相借也。(《述林・造字時有通借證》)

今按:諝疏胥都為疋聲,直接雲「疋聲多具知義、空義」即可。

其三,某些後起形聲字儘管以「聲符假借」解釋可通,但於事實不符。如「氧」字,若雲「羊假借為養」,完全可通,也可說「氧」「養」同源;但事實上後起字「聲化」為其方向,造「氧」字者用聲符「羊」也是以表音為其唯一目的。再如柄、棅互為異體,柄當為後起字,楊氏認為丙借為秉,但裘錫圭認為丙已沒有表意作用:「『柄』字本作『棅』,以『秉』為聲旁。柄是器物上人手所秉執之處,『柄』是『秉』的引申義,『秉』就是『棅』的母字。後來『棅』所從的『秉』為同音的『丙』字所取代,『丙』這個聲旁就沒有表意作用了。」[32]

---

32 裘錫圭:《文字學概要》(北京市:商務印書館,1999年),頁176。

「聲符假借」作為訓詁條例，確為楊氏一大發明。「今字之聲旁無義者，得其借字而義明。」（《述林·造字時有通借證》）但考慮到以上三端，要避免「從原則出發」，以之說解時宜慎重。

2 為附會因襲誤說

「也」、「為」、「家」等字《說文》望形生義，其說乖謬（詳說見下文《個案商榷》部分），同時代的學者根據甲金之形已經作了很好的匡正，但楊氏卻沿襲許誤。楊氏是古文字學大家[33]，于甲金之形極精，而且他不可能沒有注意到同時代學者的說解。楊氏之所以置以上於不顧，仍襲許說，仔細研讀楊文可以看出，其實是為了附會他所作的一系列引申。

其他臆說之處還如：

> 人之去母體也，首先發，故凡首義之字，引申之皆有始義。（《述林·釋元》）
> 以愚考之，藏當以藏獲為本義也。……戰敗者被獲為奴，不敢橫恣，故藏引申有善義。（《述林·釋藏》）

（三）文字和語言的關係問題

文字和語言的關係，很多語言學家從理論上似乎都可以弄清楚，但在研究實踐中又往往犯錯誤，楊氏也不例外。

1 用文字的方法研究語源

撇開術語問題不談，「語源同或雲構造同」暴露了楊氏研究方法

---

33 楊樹達於1947年被聘為中央研究院院士，其中「古文字學」僅4位院士，楊系其中之一。

的根本缺陷：用文字的方法研究語源。構造同主要指會意字，如：

表 30　楊樹達「語源同或雲構造同」示例

同義字	戍	役	屰	曾	尚	
意義	守邊	戍	不順	不順	語之舒	氣分散
構造	從人持戈	從人殳	從倒子	從倒大	從八從	從八從向
構造同之故	戍從人持戈，役從人持殳，構造同，故義同	從倒子、屰從倒大，皆訓不順，構造同	曾從八，謂氣穿窗出，尚從八向，謂氣從牖散			

比如戍和役，由於它們「構造同」，所以都具有「守」義，即二字之形符「所會之意」相同。但這種「所會之意」和形聲字聲符所顯示的是詞的語源義，即聲符示源有根本區別：前者是文字（造字）問題，後者是語言問題。

2　仍拘于「右文」

楊氏研究語源從「右文」入手，是很實用和謹慎的一種方法，他依靠此法系聯了大量同源詞；言「聲符假借」，雖然突破了右文形體局限，但並不徹底，如前所述，同一聲符的字，本來用「某聲多具某義」即可說明白，而楊氏一定要說「某聲符借為某」，其實還是在偏執「右文」形體。再如：

《七篇下・疒部》雲：「疫，民皆疾也。從疒，役省聲。」……余謂役與易古音同隸錫部，二字同音，從役實借為易也。（《述林・造字時有通借證》）

疫之于易，既然「二字同音」，語義又相通，直接用「聲近義通」（同源）便可解釋，而雲「從役實借為易」，還是拘於文字。

　　楊氏在找本字上可謂煞費苦心，似乎為有假借的聲符字都要找到一個確定的「本字」。對於有本字的假借也許可以找到，但無本字的假借哪裡去找？既然因聲求義，何必要找「本字」？關於這一點，沈兼士很高明，他只雲「借音分化」，不雲「本字」；「借音」二字很宏通，體現的是「因聲求義，不限形體」。楊氏比「右文說」進步，在於他提出的實際是「右音說」；但他在「右音」上刨根問底，又在「右文說」裡面兜圈子。

　　此外，如第七章所述，楊氏及其同時代的學者對源流認識有誤區，如雲「某孳乳為某」、「某字受義於某」等。何九盈評價楊氏說：「著眼於解決具體字例的問題，對漢語語源的整體研究不夠，尤其是語音系統的問題觸及很少，因為他基本上還是從文字的角度研究語源，而不完全是從語言的角度來研究語源。」[34]何氏雲要以「語音系統」研究「語源的整體」，課題太大；而雲楊氏「從文字的角度研究語源」，符合其實。

二　個案商榷（凡24例）

（一）「介」不當訓「間」，當訓「甲」

　　《說文・二篇上・八部》雲：「 ，畫也。從八，從人，人各有介。」按人各有介之說意恉不明，介用為畫義，古書亦罕見，殆非正義也。近人有易許說者，謂字象人著介形。按八不類介甲形，說亦非

34　何九盈：《二十世紀的漢語訓詁學》，《二十世紀的中國語言學》（北京市：北京大學出版社，1998年），頁70。

是。愚謂：介，間也，從人在八之間。（《論叢・釋介》，第36頁。）

楊氏又：《說文・二篇上・八部》介訓畫，謂字從八從人，人各有介，餘昔非之，謂字從人在八之間，當以介在介間為義矣。由此孳乳，田境介在田間，故謂之界；門扉介在闑間，故謂之，裙儀在裙之中，故袥謂之疥。物相界接者往往相摩切，故齒相切謂之齘，刮謂之扴，撓謂之疥。（《述林・再釋介》，第35頁。）

> 今按：楊氏不據甲文形，僅列舉數例明介之「正義」，可商；所雲「間」義今多認為是介之引申義。
>
> 介甲文作、，金文作、，不從八，《說文》誤；羅振玉《增訂殷墟書契考釋》：「象人著介（甲）形。介聯革為之。或從者，象聯革形。」徐中舒《甲骨文字典》：「象人衣甲之形，古之甲以聯革為之。」《詩・鄭風・清人》：「清人在彭，駟介旁旁」，《毛傳》：「介，甲也。」《楚辭・九辯》「雖重介之何益」洪興祖補注：「介，甲也。」《漢書・五行志》：「介者，甲。甲，兵象也。」
>
> 裘錫圭排比甲文用例，雲介和「表示直系的『帝』」義相對或為「副」之義；[35]但羅氏據形釋義，今人言本義時從之者居多。

（二）「家」當為會意字

《說文・七篇下・宀部》曰：「家，居也。從宀，豭省聲。」豭省聲之說，自元周伯琦以來紛紛疑之而別為異說，乃庸人自擾甚者也。……經傳既恒以豭擬男子，家從豭省聲，則家有夫義甚明，而許

---

35 裘錫圭：《關於商代的宗族組織與貴族和平民兩個階級的初步研究》，《文史》第十七輯。轉引自《甲骨文字詁林》（北京市：中華書局，1999年）。

君猳聲省之說含義至精，絕非苟設，亦可見矣。(《論叢‧釋嫁》，第6頁。)

今按：家甲文作、，金文作、，當從宀從豕會意，不為形聲，許誤。於省吾：「卜辭家字多從豕，亦有從者，唐蘭釋為『猳』是正確的。其從豕者，不得謂從猳省聲。」(《甲骨文字詁林》於按，第3冊，第2001頁。)陳初生《金文常用字典》：「家字金文多從宀從豕，象房屋內養豬，頌鼎或省宀作豕。《說文》以為猳省聲，非是。」

(三)「若」不為會意字

《一篇下‧艸部》雲：「若，擇菜也，從艸右。右，手也。」按右為手口相助，不得訓手，而許雲右手者，字借右為又也。(《述林‧造字時有通借證》，第97頁。)

今按：若篆文作，許君據篆文望形生義，誤；楊氏襲之以附會其形旁假借，亦誤。

若甲文作，金文作、，商承祚《殷墟文字類編》：「卜辭諸若字象人舉手而跽足，乃象諾時巽順之狀，古諾與若為一字，故若字訓為順。古金文若字與此略同。」王國維《戩壽堂所藏殷墟文字考》：「若，順也，古若諾一字。智鼎以若維唯諾字。」孫海波《甲骨文編》：「，甲二零五。象人跪跽而兩手扶其首，有巽順義，與《說文》訓擇菜之若偏旁不同。」

而若之甲金文形和《說文》之「若」篆文形不同者，當為小篆割裂甲金文之故，即兩手訛成，把帶長髮的人形訛作了。(於省吾《甲骨文字詁林》第370頁有若字形演化之跡表。)

單周堯先生則從古音角度證釋「若」象俘虜散髮舉手之狀，[36]
若古屬日紐鐸部，虜屬來紐魚部，奴屬泥紐魚部，古日母歸
泥，因此，若與虜、奴二字鐸魚對轉，三字古音很近。單氏說
可從。

（四）「放」不必言聲旁假借

《說文‧四篇下‧放部》雲：「放，逐也。從攴，方聲。」按
《說文》方訓併船，與放逐義無涉。放從方聲，《說文》旁亦從方
聲，實假方為旁。蓋古方旁音同，故二字多通用。（《論叢‧釋放》，
第 7 頁。）

> 今按：放從方聲而釋為放逐，既為放逐，定在遠方之地，放之
> 放逐義實得義于方之「四方、遠方」之義。楊氏囿於「併船」
> 之說[37]與放逐義無涉，乃以「方」通「旁」耳。然「聲中有
> 義」並不僅囿於聲旁字之初義，亦可為常用義。如楊氏謂「分
> 聲字多含大義」（《釋雌雄》），而許君訓分為「別」，與大義亦
> 無涉。
> 方有「四方」義。於省吾《甲骨文字釋林‧釋方、土》雲甲骨
> 文中「帝方習見」，並雲「一般所稱的方都是四方的簡稱」，或
> 指「東西南北的某一方」；商承祚亦雲「帝方」乃「祭四方之
> 統名」，可見甲骨文中「四方」義即為方之常用義。《書‧益
> 稷》：「皋陶方祗厥敘。」孔傳：「方，四方也。」《詩‧邶

---

36 單周堯：《以古音研釋古文字朔義舉隅》，廣東省中國語言學會2006—2007年學術年
   會提交論文，廣州，2007年12月。

37 「方訓併船」之誤基本定論，於省吾、徐中舒等根據甲、金文形認為方象「耒之形
   制」。

風》：「方將萬舞。」毛傳：「方，四方也。」《群經平議・周易二》：「方以類聚。」俞樾按：「方之言四方也。」

放之得義于「遠方」亦不乏其例證。《春秋・宣西元年》：「晉放其大夫胥甲父于衛。」杜預注：「放者，受罪黜免，宥之以遠。」《孟子・滕文公下》：「放淫辭。」朱熹集注：「放，驅而遠之也。」徐鍇《說文系傳》：「古者臣有罪宥之於遠也。方亦聲。」（楊氏雖在文末提到徐鍇之訓，但終不同意徐氏看法，並雲：「惟徐以方為遠方，與余雲假方為旁者異。」）

旁亦從方得聲，《廣雅・釋詁四》：「旁，方也。」《管子・輕重乙》：「請與之立壤列天下之旁。」集校引張佩綸引《文選・東京賦》薛注：「旁，四方也。」《周禮・天官》：「惟王建國，辨方正位。」賈公彥疏：「旁謂四方。」楊氏謂古方、旁「多通用」，正因旁受義于方。

放、旁皆從方得聲，且皆受義于方，而楊氏謂放假方為旁，義當然可通，但將「放」直訓「受義于方」似更合理，大可不必輾轉為訓。

（五）「禱」釋義舉例不當

《書・金縢篇》記武王有疾，周公告于太王、王季、文王，欲以身代武王，此周公為武王求延年之事也。《論語・述而篇》載孔子疾病，子路請禱，誄曰：「禱爾於上下神祇。」此子路為孔子求延年之事也。《韓非子・外儲說右下篇》曰：「秦昭王有病，百姓裡買牛而家為王禱。」又曰：「秦襄王病，百姓為之禱。病癒，殺牛塞禱。」此戰國時秦民為其王求延年之事也。蓋人疾病而後祈禱，非求壽而何也？《韓非子・顯學篇》曰：「今巫祝之祝人曰：『使若千秋萬歲！』」此戰國時巫祝為人求延年之事也。（《論叢・釋禱》，第 1617 頁。）

今按：樹達謂「禱」從示壽聲，始義為求延年之福于神，尚可信，但所舉以上各例不足以證之。周公為武王祈禱，子路為孔子請禱，百姓為昭王、襄王禱可能是求康復之事，而楊說為「求延年之事」，有強說之嫌；楊在下文雲「成湯之禱旱」、「荀偃、衛崩瞶之禱戰勝」乃禱字後起引申之義，「禱康復之事」似亦可認為是後起引申之義。而襄王病癒，百姓為之殺牛塞禱，是百姓殺牛祭神還願；況人疾病而後祈禱，可祈福、平安等，並非限於求壽。

（六）「鐵血」及「鎎」釋義有誤

鎎字所以從氣者，所謂士氣也。蓋戰以士氣為首要，而次要則為兵。士氣不振，雖有兵，無當也；無兵則雖有士氣亦不免於敗。鎎字訓怒戰，字從金從氣，造文者深知二者不可偏廢矣。……近世歐洲德意志名相俾斯麥以鐵血宰相著稱，鐵者，金也；血者，氣也。近代名人驚人一世之後語，吾先民於二千年前造字時已顯示其義矣。（《論叢‧釋鎎》，第2021頁。）

今按：楊氏解釋「鐵血」一詞有誤。「鐵血」分別指武器和鮮血，借指戰爭。「鐵血宰相」意指「戰爭宰相」。「鐵血宰相」得名於他的「鐵血政策」，即戰爭政策，俾斯麥從 1863 年開始，先後挑起和丹麥、奧地利、法國的戰爭，最終實現了德意志的統一。[38]

鎎，《說文》釋為怒戰，楊氏謂「戰必以兵，鑄兵以金，故字

---

38 鐵血還可指一種品質，今有鐵血青年、鐵血男兒，指有剛強意志和富有犧牲精神的人。

從金」，是也；但又謂「字從金從氣，造文者深知二者不可偏廢矣」，並舉《韓非子·顯學篇》曰：「共工之戰，鐵銛短者及乎敵，鎧甲不堅者傷乎體」，以說明鏽之「兵」和「氣」同樣重要。愚謂楊氏太拘泥於字形：金僅表意義之屬（關聯），而鏽之義蓋全在怒戰之「氣」。《釋名·釋天》：「氣，愾也，愾然有聲而無形也。」畢沅疏證：「愾，今本作鏽。」鏽與愾可互通，《集韻·未韻》：「鏽，通作愾。」《集韻·代韻》：「愾，怒也。」（今有成語同仇敵愾。）《廣雅·釋詁》：「愾，滿也。」王念孫疏證：「愾，氣滿也。」《左傳·文公四年》：「諸侯敵王所愾。」杜預注：「愾，恨怒也。」而《說文》引作「鏽」。

（七）「獄」不當訓兩犬相守

　　《說文·三篇上·言部》，言從聲，部訓辠，則獄字所從之言，實假為。從二犬從言，謂以二犬守罪人爾。……獄文從，《說文》訓二犬相齧，蓋以二犬相齧喻獄訟者兩造之爭，相爭以言，故文從言。獄訟義同，獄之從言，猶訟訓爭亦從言矣。（《論叢·釋獄》，第24頁。）

　　　今按：獄從二犬從言，前既雲獄所從之言「實假為」，謂二犬守罪人；後又雲兩造相爭以言，故文從言。楊說前後矛盾，一字所從之文不應有兩種說解。
　　　考諸古制，無以兩犬看守罪人之說。且犬生性好鬥，何以守住？《說文》段注：「獄字從者，取相爭之義。」徐灝《段注》：「犬性不喜群，兩犬相遇，往往相齧。獨字從犬，亦此意也。」《說文》：「，兩犬相齧也。」然則《說文》中又將「獄」所從之訓「兩犬所以守也」，有「以漢制推說古文」之

嫌，[39]《唐律疏議・斷獄》：「夏曰夏台，殷曰羑裡，周曰圜土，秦曰囹圄，漢以來名獄。」說明到漢代囚禁的場所才稱「獄」，許氏「兩犬相守」說誤；《荀子》楊倞注：「獄字從二犬，象所以守者。」亦誤。甲骨文中，「監禁」義一般由從「口」的字表示，如「圉」字，象帶手梏的人被囚禁於室屋之中，如「囚」字，象人被禁在口中。獄《召伯》作，孫詒讓《古籀拾遺》深得其旨，雲：「《說文》獄從，而訓兩犬相齧。此篆（《召伯》）作兩犬反正相對之形……于形尤精。」

故「兩犬相遇，往往相齧」才是「獄」之造字所本，獄從二犬當訓兩犬相爭，沈家本《歷代刑法考・獄考》：「相齧必先相爭，人相爭亦類是，故從。」獄字從實表兩造相爭。然兩造相爭者何？兩造相爭實指兩造相互指責對方有罪，即爭罪。所從之言當訓罪，《說文》：「言，從口，聲。」《說文・部》：「，罪也。從幹二。二，古文上字。」桂馥《義證》：「從幹二者，犯上有罪。」[40]查經傳之獄，多為爭罪之事：《大戴禮記・千乘》：「以聽獄訟。」王聘珍解詁：「獄謂相告以罪名也。」《國語・鄭語》：「褒人有獄而以為入。」韋昭注：「獄，罪也。」《周禮・秋官》「辯其獄訟」賈公彥疏：「獄謂爭罪。」《呂氏春秋・孟秋》「決獄訟」高誘注：「爭罪曰獄。」

至於「獄」之「牢獄」之義，蓋「爭罪」義之引申。爭罪之當事者必有下獄者，故又引申指關押爭罪者的場所，《慧琳音

---

39 《論叢・釋獄》：「蔡邕《獨斷》雲：『唐虞曰士官，夏曰均台，殷曰牖裡，周曰囹圄，漢曰獄。』然則許君二犬守之之訓，乃以漢制推說古文，故與經傳獄字之義不合歟。」

40 此訓楊氏文中有所及，但將「言」訓罪人，謂兩犬相守罪人，和「爭罪」義還是不同。

義》卷十四「牢獄」注引顧野王曰：「獄，相與諍訟也。囚系之所，因名為獄。」顯見「牢獄」乃後起之義。

（八）「屬」釋義有誤

《說文‧八篇下‧尾部》雲：「屬，連也。從尾，蜀聲。」……屬訓為連，義泛不切，殆非制字之朔義也。……竊疑屬蓋豚之初文，豚為屬之或作也。……今請以《廣韻》豚字之訓移植屬下雲：「屬，尾下竅也。從尾，蜀聲。」（《論叢‧釋屬》，第32頁。）

> 今按：楊氏謂屬為豚之初文，並釋為「尾下竅」，頗嫌附會。
> 徐鍇《系傳》：「相連續，若尾之在體，故從尾是也。」段注：「取尾之連於體也。」當是。段氏又雲：「連，負車也。」「負車者人輓車而行，車在後如負也。字從辵車會意。人與車相屬不絕，故引申為連屬字耳。」尾之于體猶車之於人，皆為相連屬之意。
> 沈兼士也不同意楊氏的看法，雲：「屬訓為連，卷中《釋屬篇》謂義泛不切。案《文始》侯部：涿孳乳為屬，連也，字從尾，謂孳尾也。今俗尚謂人之構精為屬，獸之孳尾為連。蓋涿以體言，屬以用言，詳略互見，不求備也。由是知古訓本借，難於億必。」（《論叢‧沈序》）
> 補記：上文既成，讀《積微翁回憶錄》，雲：「章氏《文始》亦說『交尾為連。』蓋屬本訓陰竅，古人名動相因，引申之則為連。余撰文時未悟連為交合，故雲屬訓連，義泛訓不切，當改正。沈兼士序余《小學論叢》知連字之義矣。然謂涿以體言，屬以用言，亦未合。亦涿乃假字，非本字也。」後又讀《積微居小學金石論叢校語》，楊氏亦改其說，雲：「吾友沈君兼士序

餘書，引《文始》說交尾為連，以方言為證，意在商榷餘此
義。余初以無文證，未敢深信。頃讀《呂覽‧明理篇》雲：
『犬髤乃連。』《高注》雲:『連，合。』則章、沈說有征，此
數語當改正。」楊氏治學求真、求實精神可見一斑。

（九）「偽」不當襲許誤說

《說文‧八篇上‧人部》雲:「偽，詐也。從人，為聲。」按
《三篇下‧爪部》雲:「為，母猴也。其為禽好爪。」好爪者，言其
喜動作，故為引申為作為之為，又引申為詐偽之偽，又引申為偽言之
偽，皆受義於母猴之為。……母猴謂之為，又謂之蝯，又謂之狙。引
申之，動作謂之為，又謂之作。更引申之，詐偽謂之偽，又謂之詐，
又謂之蝯，偽言謂之偽。(《論叢‧釋偽》，第33頁。)

今按:「為」甲文作，金文作，羅振玉根據「為」字甲文和金
文字形考證認為:「(為)從爪，從象，絕不見母猴之狀，卜辭
作手牽象之形。……意古者役象以助勞，其事或尚在服牛乘馬
以前。」(《增訂殷墟書契考釋》)可見，「母猴」、「為禽好爪」
云云純屬許氏據篆文形（ ）臆說。

楊氏以為詐偽之「偽」受義於所謂母猴之「為」，而「為」字
「母猴義」說之誤已成定論，楊氏據以所作的一系列引申自然
也是錯誤的了。

（十）「牖」不當從「甫」，當從「用」

（牖）字從戶、甫者，甫之為言旁也。古音甫在模部，旁在唐
部，二部對轉。……牖在戶之兩旁，故字從戶、甫。義為旁而字從
甫，猶面旁之為，水頻之為浦矣。(《論叢‧釋牖》，第34頁。)

今按：楊氏之說似可信，但侯占虎又有不同于楊氏的解釋。侯根據《老子》帛書乙本「牖」字從日，認為「牖」字當從「日」，其從「戶」者皆因「日」與「戶」形近而訛；又根據《老子》帛書甲、乙本「牖」字皆從「用」，認為「牖」字當從「用」，而非從「甫」，其從「甫」者皆因「用」與「甫」形近而訛；並認為「牖」應解作：牖，從片、日、用，用亦聲。片，牆也，從日者，牖所以通日光也。用者，謂通也，亦用以表聲。「牖」義源于貫通、通達，其本義是牆上開設的用以通光的孔洞。(侯占虎：《據語源探求漢字形義關係舉例》，《中國文字研究》第三輯，廣西教育出版社 2002 年。)

「從日說」和「從戶說」似都可通，王筠《句讀》：「戶，金刻作，與日相似也。」馬宗霍引通人說考：「從『戶』從『日』之說，又均可通於穿壁交窗之義。」但「牖」字從「用」，當為定論，楊氏說誤。

(十一)「諼」釋義附會

《說文・三篇上・言部》雲：「諼，詐也。從言，爰聲。」按諼當受義於蝯。《說文・十三篇上・蟲部》雲：「蝯，善援禺屬。從蟲，爰聲。」《九篇上・甶部》雲：「禺，母猴屬。」(《論叢・字義同緣於語源同例證》之47，第71頁。)

今按：楊氏謂「諼受義於蝯」頗嫌附會，具有猜測的性質，不足為信。按楊氏的方法，如謂諼受義於圓滑之「圓」也未嘗不可。楊雲「諼受義於蝯」是由「偽受義於為之母猴義」類推而來，前既明「為之母猴義」錯誤，「諼受義於蝯」也失其所據。

(十二)「螮蝀」聲符不當有義

余初謂螮之從帶無義也，既明虹字受聲之說，乃悟螮之以其形似帶也。……虹形似帶，故謂之螮，又謂之虹也。(《述林・釋虹》，第29頁。)

另：蔡邕《月令章句》雲：「虹見輒與日相互，率以日西見於東方，」此蝀字從東聲之故也。……蝀即以見於東方為義。(《述林・釋蝀》，第28頁。)

> 今按：螮蝀即虹，《禮記・月令》「(季春之月)虹始見」鄭玄注：「螮蝀謂之虹。」又省作蝀，《說文・蟲部》：「蝀，螮蝀也。」(王鳳陽《古辭辨》認為虹可能是螮蝀的合音；也有人認為可能是方音。[41]虹、蝀同義，二者可組成連文雙音詞，唐殷堯藩《寄嶺南張明甫》：「瘴雨出虹蝀，蠻煙渡江急。」螮蝀是一雙聲聯綿詞，楊氏謂「螮之以其形似帶」、「蝀即以見於東方之義」，泥於字形，望文生訓，割裂了雙聲詞。朱駿聲得之，《通訓定聲》：「螮蝀，雙聲連語，短言之曰蝀，長言之曰螮蝀。」《聯綿字典》定一按：「蝃蝀，雙聲端紐。」(按：蝃即螮)魏茂林《駢雅訓纂》：「螮蝀，挈貳，虹霓也。」
> 螮蝀作為聯綿詞，並不拘泥一形。《集韻》：「螮，或作蝃、、蚳。」朱駿聲《通訓定聲》：「螮，字亦作蝃。」螮蝀《毛詩》作蝃蝀，《詩》馬瑞辰通釋：「蝃蝀，通作螮蝀。」《釋名・釋天》：「虹，又名蝃蝀。」陸德明《釋文》：「蝃，本又作螮。」《禮記・月令》「(季春之月)虹始見」，鄭玄注「螮蝀謂之

---

41 廣東省語言學會2006—2007年學術年會上，作者向北京大學唐作藩教授請教「虹」與「螮蝀」的語音關係，唐先生認為二者語音若有關係，可能是方音。

虹」,《爾雅・釋天》「蝃蝀謂之雩」,陸德明釋文:「蝀,本亦作東。」蝃蝀亦作蝀,明・屠隆《曇花記・士女私奔》:「慕君才蝀。」

蝃蝀是虹或絳[42]的別名,虹之得名即是蝃蝀受名之故。蝃、蝀、虹都以蟲為偏旁,和古人對虹的認識有關。虹字甲骨文作,象兩端有首的龍或蛇,且有巨口,以其能飲也,《甲骨文合集》:「王占曰:『有祟!八日庚戌有各雲自東,宦毋。昃,亦有出虹自北,飲於河。」[43]《山海經》即有「虹虹在北,各有兩首」的神話,後世也有「蛇虹」的說法(葉廷珪《海錄碎事》:「蛇虹見彌天。」)。《說文》雲虹狀似蟲,甲骨文龍或作,正與蟲形近,遂變易從蟲。于省吾《殷契駢枝》:「系虹之形,為虹之初文也。」象半圓形或拱(弓)形,《徐霞客遊記》:「一山橫跨而中空,即石橋也。飛虹垂蝀,下空恰如半月。」拱橋似虹形,故名虹橋。蝃蝀當受義於虹之「拱形、半圓」之義,楊樹達謂「虹形如帶,故謂之蝃」,誤。於省吾《釋虹》亦明之:「虹與古玉璜形亦相似。《太平御覽・十四・天部》引《搜神記》:『孔子修《春秋》,制《孝經》,既成。孔子齊(齋)戒,向北斗星而拜,高備於天。乃有赤氣如虹,自上而下,化為玉璜。』」此雖事屬演義,然而推知古來有璜似虹

---

42 至今有的方言還把虹稱為絳(降)。《剡樸》:「虹曰絳。」《集韻》:「絳,或作紅。」絳為紅色,和虹色近。虹上古有兩讀,一為匣母平聲字,一為見母去聲字(均屬牙音),屬東部,絳上古亦屬東部,見母(牙音),可見,虹、絳音近;而且上古喉音匣母字與牙音牙音字關係密切,諧聲字甘和邯、共和巷、工和項等可以資證。

43 李圃:《甲骨文選注》(上海市:上海古籍出版社,1987年),頁17。有人認為象兩龍交尾形(楊潛齋《釋「虹」、「冒母」》,《華中師院學報》1983年第1期),並以《詩經》「蝃蝀在東,莫之敢指」為書證,但這是毛傳對《詩經》的倫理化附會:「蝃蝀,虹也。夫妻過禮則虹氣盛,君子見戒而俱,諱之,莫之敢指。」

形之觀念。《說文》:『瓃,半璧也。』按半璧正象虹形。近年來出土之商周玉瓃,兩端多雕成龍首,蛇首或獸首形,尤與傳記所稱虹有兩首之說相符。」

任繼昉先生亦雲:「蟛蝀即虹,其形為弧形或曰拱形、半圓形之彩帶。……蟛蝀之得名,與其說是因其形長如帶,倒不如說是因其帶形隆曲。……至於楊樹達根據字形探求其語源(字源),以為『蝀即以見於東方為義』、『虹之受名蓋以其形橫而長也』,『虹形如帶,故謂之蟛』,恐怕是上了字形的當。」[44]唯任氏未明蟛蝀為雙聲聯綿詞,特以申之。

《漢語大詞典》「蝃蝀」條下引楊樹達《釋虹》:「帶孳乳為蟛,蟛蝀,虹也……虹形橫而長似帶也。」編者不辨楊氏訓釋之誤而引之;黃侃《爾雅音訓》雲:「(蕭葦猶言停僮也,與蟛蝀聲亦近)蟛蝀猶言帶重也。」所謂「帶重」,就是「各色之帶重疊排列」,[45]黃氏之誤與楊氏同。

(十三)「卩」當為「卲」之初文

《說文・九篇上・卩部》雲:「卩,瑞信也。守國者用玉卩,守都鄙者用角卩,使小邦者用虎卩,土邦者用人卩,澤邦者用龍卩,門關者用符卩,貨賄用璽卩,道路用旌卩。象相合之形。」樹達按許君說卩象相合之形,說殊不類,非其義也。……愚謂卩乃卲之初文,卩字上象卲蓋,下象人脛,象形字也。(《述林・釋卩》,第43頁。)

今按:卩(卩)甲文作、,羅振玉先生《增訂殷墟書契考

44 任繼昉:《漢語語源學》(重慶市:重慶出版社,2004年),頁63。

45 陳若愚《「蘱」與「繹」同名語轉字異說──讀〈春秋〉宣公十年劄記》中的附會,《樂山師範學院學報》2007年第10期。

釋》:「象跽（跪坐）形。」尹黎雲先生《漢字字源系統研究》:「非『象相合之形』,而是象人屈膝長跪之形。」劉桓認為「（卩）是象形字,像人跪坐形」。(《古文字研究》第 25輯,2004 年。) 隋月敏先生《析卩》認為「卩是跪著的男人」。(《殷都學刊》1994 年第 4 期。) 可見,諸家釋形分歧不大;但對卩作何用,分歧頗大。

認為「卩乃厀之初文」。除楊氏外,還有尹黎雲先生《漢字字源系統研究》:「卩的本義就是厀關節。『厀』下雲:『脛頭卩也。』卩就是膝的初文,其字只是在初文的基礎上增聲符桼而已。」張玉金先生(《古文字研究》第 23 輯,2002 年)也持此說。但劉桓(2004)認為「然而考之甲骨文、金文,尚未見有證據支持此說」。持此說者,蓋尹黎雲所雲:「這是人字的變體,主要突出人腿厀關節,故卩的本義就是厀關節。」然何以知「主要突出人腿厀關節」?似無據。

認為卩即古節字。《說文·卩部》:「卩,今作節。」清·李調元《卍齋瑣錄》:「卩,即古『節字』。」《辭源續編》:「卩,古文節字。」徐鍇《系傳》:「卩,今皆作節字。」朱駿聲《定聲》:「卩,經傳皆以節為之。」《集韻·屑韻》:「卩,通作節。」對此,周清泉的觀點也許可以解釋:「甲骨文的卩則是跽形的文。《說文》又誤作符節的節的本字卩了。……但是卩字篆文的字形顯然是甲骨文象跽形的文。甲骨文象跽形的文被訛作符節的卩,而從足忌聲的跽是形聲的字,於是表像跽的文與字就在字形上脫了關節,兩不相涉了。但在字音即字名上,跽、卩都讀 ji。」因此,以上諸家所指出的「卩即古節字」當是《說文》以訛傳訛的結果。

認為卩即跽字。屈翼鵬先生《殷墟文字甲編考釋》:「乃跽之初

文。當作尸。《說文》以為瑞信者，蓋後起之義也。」周清泉《文字考古》:「甲骨文中的尸字即跽。」《說文》:「跽，長跪也。」參照甲文，此說與甲文所象之形最為吻合。

隋月敏《析尸》:「郭沫若釋尸為禩不正確，但認為釋祭名是有可能的。」其實，尸與祭有關。以聲音求之，跽、祭音同，古者祭祀，長跪乃祭者的必行之禮，即祭者必跽，尸即象人祭祀時的跽坐之形。

至於劉桓（2004）所雲「本義當為禮節之節」,「禮節之節」應為尸之引申義，因為尸由象行禮之形抽象為禮節之節，也是有可能的。

（十四）「若」當訓「其」

齊國雖褊小吾何愛一牛即不忍其觳觫若無罪而就死地故以羊易之也《孟子梁惠王上》 舊讀以「即不忍其觳觫」六字為句,「若無罪而就死地」為句。樹達按如此讀,「若」字義不可通，此當以「即不忍其觳觫若無罪而就死地」十三字作一句讀。「觳觫若」猶言「觳觫然」也。(《古書句讀釋例・不當讀而誤讀》，第24頁。)

今按:「若」當下讀且訓為代詞「其」。楊氏上讀且訓為「觳觫然」，蓋襲自俞樾之誤，[46]《群經評議・孟子一》「吾不忍其觳觫若」俞樾按:「若，猶然也。」

若有「其」訓。《經傳釋詞》卷七:「家大人曰:若猶其也。書

---

46 1952年臺灣學者高明在臺灣《中國語文》一卷二期發表《中國修辭學研究引言》，認為楊樹達的《中國修辭學》系從俞樾《古書疑義舉例》擴充而成，楊的眼光越不出俞氏的範圍，俞著就是楊氏用以窺「天」的「管」。參見宗廷虎《五十年來的漢語修辭學》，《鎮江師專學報》1999年第3期。

召誥曰：嗣若功。昭元年左傳：子若免之。二十六年傳：君若
待于曲棘。」《經詞衍釋》卷七：「若猶其也。書：若考作室。
左傳襄二十一年：若大盜禮焉。昭二十年：若有德之君。哀二
十年：若使吳王知之。」《孟子》中「即不忍其觳觫，若無罪
而就死地」，「若」承上文「其」字而言，改「其」為「若」，
變文避複耳。此類例子還如：

孔子生不知其父，若母匿之，吹律自知殷宋大夫子氏之世也。
（《論衡・知實》）

其子聽父之計，竊而藏之；若公知其盜也，逐而去之。《淮南
子・氾訓論》

楊氏《詞詮》「若」字下（七）：「指示代名詞，用與『其』
同。」並舉有六條書證。而鄭子瑜批評說：「楊氏不知『若』
可作『其』解，」（評楊樹達《古書句讀釋例》，《鄭子瑜學術
論著自選集》，首都師範大學出版社 1994 年）看來楊氏不是不
知，蓋千慮一失之也。

楊伯峻《孟子導讀》認為楊樹達、俞樾訓「觳觫然」不妥，但
在《孟子選譯》中訓「若」為似乎；王力主編《古代漢語》參
用孫奭之說，訓「若」為「好像」，並翻譯為「好像沒有罪過
的人，平白地走向殺場」。其實這裡「無罪而就死地」的主語
是「若」（牛），不存在比喻的問題；而譯為「像無罪（之
人）」，是典型的增字強釋。至於焦循《孟子正義》訓「若」為
「如此」，訓「觳觫」為「死」，大意為「象這樣沒有罪而殺死
它」，而觳觫訓「恐懼之狀」為定解，這樣「若」訓「如此」
就變得和上文不大相屬了。

（十五）「畟」不當訓「田正」

《說文‧五篇下‧夊部》雲：「畟，治稼畟畟進也。從田兒，從夊。《詩》曰：畟畟良耜。」……字從田兒，兒為古人字，當與人義有關，以古義考之，蓋即稷為田正之本字也。……其畟字從從夊，此稷本字，字從夊者，與麥字從夊同。（《述林‧釋畟稷》，第47頁。）

> 今按：畟字從夊，楊氏無釋，只雲「與麥字從夊同」。李孝定《甲骨文字集釋》：「古文從夊之字皆作若，象倒止形，意與止同。」又在「麥」下雲：「夊本象到（倒）止形，於此但象麥根。」畟字從從夊，而楊訓為田正，這樣無論訓夊為「止形」還是「禾根」，畟字都無從說解。[47]
>
> 求之以形，畟當為一會意字。朱駿聲《定聲》：「畟，治稼畟畟進也。從田，從人，從刃，會意。」從田、人、刃，表人在田中持利耜耕作。《詩》曰：「畟畟良耜。」從刃謂良耜如利刃，孔疏：「以畟畟文連良耜，則是利刃之狀。」《集韻》：「畟畟，耜利也。」朱熹集傳：「畟畟，嚴屬也。」
>
> 《說文》訓「治稼畟畟進也」，即利耜深耕快進貌。求之以聲，畟、測音同，《廣韻》初力切，職部。毛傳：「畟畟，猶測測也。」《說文》：「測，深所至也。」《爾雅》：「深，測也。」孔疏：「故測測以為利之意也。」馬瑞辰《通釋》：「今按《淮南子‧原道術》注：『度深曰測。』則以耜入地之深亦得曰測。《爾雅》舍人注：『畟畟，耜入地之貌。』亦狀其入地之深。」

---

47 還有人認為「畟」像一跪著的人形，見李萍《「稷」字的歷史沉澱和文化內涵》，《山西大學學報》2004年第11期，頁92至94。

（十六）「革」不為「　」之初文

《說文‧三篇下‧革部》雲：「革，獸皮治去其毛曰革，革，更也，象古文革之形。」或作，雲：「古文革從三十，三十年為一世而道更也，臼聲。」樹達按許君說古文革從三十，定為形聲字，殊為牽強。……愚以革古文審之，上象鳥口，與燕字同，十象鳥身及尾，兩旁象鳥翅，蓋　之初文也。……革韓《詩》作……蓋鳥獸毛羽有時除舊更生，革為鳥翅，引申有去毛之義，又引申有改革之義。（《述林‧釋革》，第 48 頁。）

　　今按：楊氏雲「許君說古文革從三十，定為形聲字，殊為牽強」，當是，夏淥《評康殷文字學》也認為許君「析形確是相當荒唐，竭盡牽強附會的能事」。但楊氏釋革為　之初文，誤。革金文作、，林義光《文源》以金文之形釋之：「按從卅非革之義，廿十亦不為卅，古作，象獸頭角足尾之形。」「（白）象手治之。」康殷《文字源流淺說》根據甲、金文字形認為：「（革）全字即表示用鏟刮獸皮、肉之義。」[48] 參之金文，綜合各家，革之初義當與「治革」義有關，許君不誤。

　　楊氏以古文之形釋革為　之初文，蓋是以　之今文形比附革之古文形得出的結論；所雲經籍中有用革為　者，因為革、　音同，當是後來文字上的借用現象，朱駿聲《通訓定聲》：「革，假借為　。」《詩‧小雅》「如鳥斯革」，段玉裁《故訓傳定本小箋》：「革即　之假借。」至於革（鳥翅）又引申為「去毛」、「改革」之義云云，更嫌附會。革之變革義當是由治「皮」為「革」的

48　夏淥《評康殷文字學》不同意康殷所釋，但也認為革金文象皮革形（武漢市：武漢大學出版社，1991年），頁156至158。

變化引申而來，引申義「變革」亦可反證林、康之初義說。

（十七）「祝」字初文當為象形字

《說文・一篇上・示部》雲：「祝，祭主贊詞者，從示，從人口。一曰：從兌省。《易》曰：兌為口，為巫。」蓋祭主贊詞之祝，以口交於神明，故祝字初文之兄字從兒從口，此與人見用目，故見字從人目，企字從人止，臥息用鼻，故字從屍自，文字構造之意相同。（《述林・釋兄》，第53頁。）

> 今按：楊氏謂「祝字初文之兄字從兒從口」，誤。兄字甲骨文作、、，陳初生《金文常用字典》：「象人跪跽祝告之形，與祝之初文同構。」「兄」所以被認為「從人從口」者，「篆書中，『跪姿兄』口下的人形跪姿訛變為『兒』形，己經不再能夠象形會意了。」[49]
>
> 兄乃祝之初文。《說文釋例》「祝」下雲：「此字可疑。不可以為從兄，因分為人口，人口又不成詞，[50]故又以為從兌省。然兌字從兒，聲，省之八而留口，既無此省法，且省形聲字以成會意，尤無此法。」又：「太祝禽鼎作，乃人跪而向神之形。」[51]陳初生《金文常用字典》：「（祝）禽簋作，更可見其跪拜之狀。」祝字甲骨文形和金文同，商承祚《殷墟文字類編》：「（祝）象跽（長跪）於神前而灌酒也。」

---

49 閔爽：《「兄」字本義考》，《語文研究》2004年第3期，頁41。

50 段注謂「口之言無盡也，故從兒口，為滋長之意」，徐灝謂「從人從口者，生長之意也。諸子同生，而以長者當之，故謂男子先生為兄矣」，於省吾認為均難以當義。見於省吾《甲骨文字詁林》，頁86。

51 楊氏同文提到「王筠謂字本象人形，不從口」，但以「字形字義不相吻合」而略之。

楊氏《釋兄》又：兄長于弟，差習語言，使之主司祝告，固其宜也。其後文治大進，宗子主祭，猶此意矣。兄任祝職，其始也，兄祝混用不分，後乃截然為二，以兄弟之義作兒口之形，字遂不可說。今按：甲骨文中兄字有三形 1、2、3，1、2 為跪姿，3 為立姿，卜辭中「跪姿兄」用為祝，「立姿兄」用為兄長之兄，用法截然有別。[52]古代致祭以長，楊氏雲由兄長任祝職，是符合古代禮俗的。「改變『跪姿兄』口下人形跪姿，由跪姿變為立姿，創造『立姿兄』字，這是符合遠古先民傳統中由於尊長而致祭以長的社會心理和社會習俗的；所以，甲骨文中用『立姿兄』表示兄長之兄的意義是有道理的。」[53]可見，「跪姿兄」為祝之初文，「立姿兄」為兄長之兄初文。但隸變時二者被隸定為同字，從而掩蓋了二者的區別。[54]楊氏雲：「以兄弟之義作兒口之形，字遂不可說」，闕文似可解釋：「在甲骨文時期，由於『跪姿兄』的後起字『祝』己經出現，與『跪姿兄』並用，隨後逐漸取代『跪姿兄』；至甲骨文後期，兄（『立姿兄』）、『祝』二字形體己定，意義分工己經明確。所以，此後的文獻典籍中也就不再能夠反映甲骨文時期這幾個字的原始面貌了。」[55]

（十八）「戴目」不當為「側目」

《說文·一篇上·示部》雲：「瞷，戴目也。從目，閒聲。江淮之間謂眄曰瞷。」段氏注雲：「戴目者，上視如戴然，《素問》所謂戴

---

52 徐中舒：《甲骨文字典》（成都市：四川辭書出版社，1998年），頁966。

53 閔爽：《「兄」字本義考》，《語文研究》2004年第3期，頁40。

54 同上書，頁41。

55 同上書，頁40。

眼也。」……愚謂戴目當求之於聲，不當求之于形，蓋戴目即側目也。（《論叢・瞷戴目釋義》，第 67 頁。）

又《漢書・賈山傳》：「賦斂重數，百姓任罷，頳衣半道，群盜滿山，使天下之人戴目而視，傾耳而聽。」楊樹達按：「戴、載，通用，載、則亦通用，『戴目』即『側目』也。」（《漢書窺管》，第 303 頁。）

> 今按：楊氏謂「戴目」即「側目」，不足為據；謂戴、載、側輾轉通假，略嫌迂回，且古書未見戴、側通假之它例者。
>
> 《說文》：「瞷，戴目也。」瞷指一種眼病，《倉頡篇》：「瞷，目病也。」《廣韻》：「瞷，人目多白。」瞷也可指馬一目白，《爾雅・釋畜》：「一目白，瞷；二目白，魚。」邵晉涵《正義》：「馬目欲得黃……若目小多白，則驚畏；驚畏，馬之病也。」瞷指馬時也作，《集韻・山韻》：「瞷，或作。」《玉篇・馬部》：「，馬一目多白。」
>
> 這種眼病的症狀是「戴目」，即目上視，露白眼。「戴目」《素問》稱「戴眼」，戴者，上也，《說文》段注：「凡加於上皆曰戴。」眼，即眼瞳。《素問》「戴眼反折」王冰注「戴眼，謂睛不轉而仰視也」，即《說文》段注所說的「目上視而多白」，而不是楊氏所說的「側目」而導致的「眼多白」。徐鍇《說文系傳》：「戴目，目望陽也。」方以智《通雅》：「目望陽曰望視，見《春秋傳》。今曰羊眼人。」朱駿聲《說文通訓定聲》：「戴目，目上視，所謂望羊。」（日）丹波元簡引張文虎曰：「瞳子高者目上視也，戴眼者，上視之甚而定直不動。」
>
> 有些疾病發作或臨死時亦有戴目之狀。《督脈經穴》：「角弓反張，吐舌，癲疾風癇，戴目上視不識人。」《素問・三部九候

論》：「足太陽氣絕者，其足不可屈伸，死必戴眼。」《素問・診要經終論》：「太陽之脈，其終也戴眼，……絕汗乃出，出則死矣。」一種小兒癲癇病發作時有戴目之狀，故又稱瞤病，裴駰集解引《漢書音義》：「瞤，音閏，小兒癇病也。」

「瞤然」意為自得貌，《文選・潘岳〈馬汧督誄〉》：「瞤然馬生，傲若有餘。」張銑注：「瞤然，自得貌。」譚嗣同《仁學》之二曰：「中國之兵，固不足以禦外侮，自屠割其民則有餘，而方受大爵，膺大賞，享大名，瞤然驕居，自以為大功，此吾所以至恥惡湘軍不須臾忘也。」蓋因自得者仰目上視，目中無人，故稱「瞤然」。

「戴目」由疾病之狀又引申為人平時的仰目而視。祖無擇《祈雨祝文》：「不然，何當雨而不雨，使千里之內戴目而望？」有成語「舉首戴目」，這裡「舉」「戴」對文，意謂抬頭仰望，期待殷切。

《漢書・賈山傳》：「使天下之人戴目而視，傾耳而聽。」方以智《通雅》：「《賈山傳》戴目而視，言遠望仰視也。」顏師古注：「戴目者，言常遠視，有異志也；傾耳而聽，言樂禍亂也。」顏注雲遠視有異志不是很準確。「戴目」當指天下之人不滿暴政時的怒目上視之狀，吳恂《漢書注商》：「戴目而視，言舉目仰視。」施丁《漢書新注》深得之：「戴目：言舉目仰視，乃怒目而視之義。」

要之，「戴目」意為「眼上翻而視」，絕非楊氏所說的「側目」；《漢語大詞典》「戴目」條引用楊樹達《漢書窺管》所注，並雲：「戴目，猶側目。」失辨。

（十九）「元」當為象形字

宋戴侗《六書故》雲：「元，首也。從兒，從二。兒，古文人；二，古文上。人上為首，會意。」近人徐灝撰《說文段注箋》述戴氏之說，且引《左氏僖公三十三年傳》……《孟子滕文公篇》……以證明其義，可謂信而有征矣。（《述林‧釋元》，第63頁。）

今按：戴、徐謂元從兒從二會意，楊氏信而征之。而元字金文作，當象人首之形，連帶畫人身之形，是象形字，不當釋為會意；甲文作、，蓋因甲文契形，為書寫便，上由短橫示之。於省吾《甲骨文字詁林》：「即元字。《說文》對於元字形體的解釋與其初形不符。（按：《說文》元訓從一從兀。）商代金文作，即突出人首形。」陳初生《金文常用字典》：「高景成謂乃元字初文，……此字，突出人頭，正體現元字本義。之上面一橫由圓點演變而來。或在上加一短橫，仍是指明人之最上部是頭。」戴、徐（包括徐中舒《甲骨文字典》）釋元為會意，當是依篆文或今體穿鑿的結果。蓋先人造字，「近取諸身，遠取諸物」，元既表人首之義，當為最早所造之字。人之「初作書，蓋依類象形」。何況人首之形很易具象。觀之甲金文字，元字當釋象形為確。

另及：無論元字如何解形，其初義表人首殆無疑義，但有人批楊氏說：「楊樹達還拘執于戴侗、徐灝的錯誤，認為元的本義是首，反誣《說文》訓始不是初義。其實《說文》訓元為始正是初義。」其說所依據的是《說文》訓元為「從一從兀」，而兀字《說文》訓「高而上平也」；又據章太炎《文始》「兀轉寒別初元字，始也，引申為元首」，最後得出：元訓始「是具

體、真實的含義，不是楊樹達所說表示元首的首，而是華夏先民步入文明的那個時代，其居住之地為高而平的山陵」。[56]

批者所訓依據的「兀」訓「高而上平」其實也是誤訓，兀和元實為一字。徐灝《段注箋》：「高而上平不知其為何物，從真望文生義，灝謂兀與元同。」陳初生《金文常用字典》：「高景成謂乃元字初文，與兀為一字。」林義光《文源》亦持此說。至於所依章氏之說，更不足為信。兀在物部，且為入聲，而元在元部，平聲，二者差別太大，何以轉之？誣者偏執其所謂《說文》「系統」之一端，不查古文字材料，也不顧古文獻材料之文例（如《左傳》、《孟子》文義），信口言之，不足取。

（二十）「走」當為象形字

《說文·二篇上·走部》雲：「走，趨也，從夭止，夭者，屈也。」按走從夭止會意，自來治《說文》者皆不能明言其義……字從夭者，《說文》雲：「夭，屈也，從大，象形。」訓大象人形，則夭亦謂人，蓋謂屈身之人也。……走又從止者，止謂人足，趨走以足，故從止，走從夭止會意。（《述林·釋走》，第82頁。）

今按：「走」甲骨文作，象人擺動雙臂奔跑之形，是獨體象形字；楊不當從許訓從夭從止會意。趙誠《甲骨文簡明詞典》：「，走。象人急走或奔跑時，兩臂前後上下甩動之形。」從「夭」當是文字演化中的訛變。於省吾：「小篆『走』字從夭，乃形體之偽變，亦為形態之混淆。……金文『走』字作，

---

56 宋永培：《古漢語詞義系統研究》（呼和浩特市：內蒙古教育出版社，2000年），頁516至517。

亦或作；『奔』作，或又作。然則顯而易見，『天』乃之形偽。
其形體既經偽變，則與金甲文矢字相混，而又造成『走』
『奔』所從與『天』字相混。」[57]
金文加「止」旁或「彳」旁作、，是文字的繁化。於省吾又：
「契文即『走』之初形。……金文『走』及從走之字作，或亦
作，增『止』或『彳』為文字演化中所習見。篆文作，偽變為
從『天』從『止』。」

（二十一）「閉」不當從「才」

《門部》又雲：「閉，闔門也，從門、才，所以距門也。」按才
即材之初文。才訓草木初生，引申之義為木材，材初止做才，後乃加
形旁為材耳。閉從才者，距門之關以木為之，猶閑之從木也。（《述
林・釋開闢閉》，第83頁。）

　　今按：閉字不從才，閉金文作、，象用以關門的鍵鎖之形。
　　《段注》雲：「從門而又象撐距門之形，非才字也。才不成
　　字，雲『所以距門』，依許全書之例，當雲：『才，象所以距門
　　之形。』」閉篆文作，張舜徽《約注》：「象鍵閉之形，即今俗
　　所謂木鎖也。」後來隸定時偽作才。

（二十二）「　」當從「也（它）」

《說文・三篇下・攴部》雲：「，敷也，從攴，也聲。讀與施
同。」樹達按《說文》攴字訓小擊，故凡從攴之字皆含用力動作之
意。……從也者，也《說文》訓女陰，象形。據形求義，當為人于女

---

57 於省吾：《甲骨文字詁林》（北京市：中華書局，1996年），頁318。

陰有所動作，蓋男子嬲女之義，許君訓敷，非初義也。……也訓女陰，宋元以來學者疑之，[58]蓋以其猥褻，此腐儒拘墟不達之見也。（《述林·釋》，第33頁。）

今按：也甲文作，金文作、、，象蛇蟲之形。[59]容庚《金文編》：「與『它』為一字。」「也」《說文》訓女陰誤，楊氏釋也因以致誤。於省吾《甲骨文字釋林·釋》：「字說文作，並謂：『，敷也，從攴也聲，讀與施同。』按許氏訓為敷，並非本義，應改為『，以攴擊它（蛇）也，從攴它，它亦聲。』」其說當是。

（二十三）「昏」當出甲文形證釋

按免聲之字多含低下之義。……晚從免聲，正謂日之低下，故訓為莫也。……《七篇上·日部》雲：「昏，從日氐省。氐者，下也。」此二事也。以昏晚二文對勘，又知昏下一曰民聲之說非矣。（《論叢·釋晚》，第8頁。）

今按：楊氏雲昏「一曰民聲之說非矣」當是，段玉裁亦雲：「『一曰民聲』四字，蓋淺人所增，非許本書，宜刪。凡全書內昏聲之字，皆不從民，有從民者偽也。」唯楊氏以昏晚二文對勘，似不足為據，當以甲文之形證之。昏甲骨文作、，於省

---

58 如《正字通》：「也，盥器。即古文匜字。」王筠《文字蒙求》：「也，古匜字，沃盥器也。」徐灝《段注箋》：「戴氏侗曰：，沃盥器也。有流以注水，象形，亦作。借為詞助，詞助之用多，故正義為所奪，而加匚為匜。」本書不從以上諸說。

59 宋元有學者釋「也」為「盥器」，即楊氏雲「宋元以來學者疑之」者，如《正字通》：「也，盥器。即古文匜字。」

吾《甲骨文字詁林》:「卜辭昏字從氏,不從民。」徐中舒《甲骨文字典》:「從日從氏,與《說文》篆文略同。」

另及:李建國據前人之說認為昏字當從民聲作昬,並說:「楊氏此處拘泥字形,誤以形聲為會意。」[60]昏當為會意;[61]一說從日從人(氏),謂日在人下。,李氏誤。昏從民聲之「昬」字,乃隸變之訛。段玉裁:「字從氏聲為會意,絕非從民聲為形聲也。蓋隸書淆亂,乃有從民作昬者,俗皆遵用。」可見,昏為正字,昬乃俗體,兩書並行。時至唐代,為避太宗李世民之偏諱,「昬」改正體書之,《舊唐書・高宗紀上》:「(顯慶二年十二月)庚午,改『昬』『葉』字」,事當指二字所從之偏旁「民」「世」而言;宋張世南《游宦紀聞》、元戴侗《六書故》、清顧炎武《音學五書》均記有改「昬」為「昏」之事,其事可信。但宋晁補之、明張自烈《正字通》、清錢大昕《十駕齋養新錄》、紐玉樹《段注訂》、桂馥《義證》、沈濤《古本考》、孔廣居《說文疑疑》、今人張舜徽《說文解字約注》、王力《漢語史稿》據廟諱之事認為「昏本從民作昬」,那就本末倒置了。不僅甲文昏字從氏,唐以前亦有從氏之昏字,如南朝梁王志的《一日帖》中就有從氏的「昏」字,晉王羲之法帖中的「婚」之偏旁就作「昏」。郭沫若在《殷契萃編考釋》中說:「殷人昏字實不從民,足證段氏之卓識而解決千載之疑案矣。」

段玉裁雲:「唐人作《五經文字》乃雲『緣廟諱,偏旁准式省從氏。凡泯昏之類皆從氏,』以昏類泯,其亦慎矣。」今按:

---

60 李建國:《漢語訓詁學史》(合肥市:安徽教育出版社,1986年),頁338。

61 昏字如何會意論者尚有分歧:一說從《說文》訓從日從氏,謂日之氐下

廟諱改字一事當有，只是昏、泯二字使用情況有別：廟諱之前，昏、昬並行，廟諱之後，昏本為正體，有社會使用基礎，正字行而俗體廢；泯為避諱偶改，其後便正字行而諱字廢了。

（二十四）「壬」字不當二解

《八篇上‧部》雲：「，善也，從人士，士，事也。」按人士義無可會，故許君複雲士事以明之，謂字從士，實假士為事也。士事二字古韻皆在咍部，故相通借也。（《論叢‧造字時有通借證》，第97頁。）

又：《說文‧八篇上‧部》雲：「，善也，從人士，一曰，象物出地挺生也。」按許後說是也。字下從土，銘文字中畫下出者，象挺出物之根在地下，於字之形義固無忤也。（《積微居金文說‧新識字之由來》，第1頁。）

今按：同一字，楊氏一說從士，雲士、事通借；一說從土，象挺出物在地下。兩說矛盾。

壬甲文作、，象人挺立地上之形，系「挺立」之「挺」的本字。後又變做（望簋「望」所從），戰國時寫作（郭店簡「望」所從），篆文作。朱駿聲《通訓定聲》：「，挺立也。」從得聲之字，多具直、挺義，如侹、挺、脡、頲、廷、脛、頸、徑、俓（巠從聲省）等皆是。

許慎據篆文釋形有誤，字下當從土，楊氏後說近是。段注：「上象挺出形，下當是土字也。」徐鉉：「人在土上，（挺）然而立也。」徐中舒《甲骨文字典》：「從人在上，象人挺立土上之形。……《說文》說形不確，一曰之義近是。」商承祚《殷墟文字類編》則認為象土上生物：「此正象土上生物之形，與

許書第二說相符，則此字當從土，不應從士。」但無論「人在土上」還是「土上生物」，都與土有關，絕不從士。

「善也」可能是「挺立」義的引申，李孝定《甲骨文字集釋》：「然而立，英挺勁拔，故引申之得有『善也』之誼也」，亦可通。

主要參考文獻

一　楊樹達先生著述要目

參考劉夢溪主編《中國現代學術經典・楊樹達卷》，河北教育出版社
　　　1996年版。

（一）專著

《中國語法綱要》（北京市：商務印書館，1920年）。

《古書疑義舉例續補》，1925年家刻本。後收入《古書疑義舉例五
　　　種》，1956年中華書局出版。又收入《楊樹達文集》之四
　　　（上海市：上海古籍出版社，1991年）。

《漢書補注補正》，收入《北京師範大學叢書》（北京市：商務印書
　　　館，1925年）。

《詞詮》（北京市：商務印書館，1928年。北京市：中華書局出版，
　　　1954年、1978年再版。又列為《楊樹達文集》之二，上海
　　　市：上海古籍出版社，1986年）。

《老子古義》（北京市：中華書局，1922年。1926年再版，1928年增
　　　訂出版。又收入《楊樹達文集》之十三，上海市：上海古籍
　　　出版社，1991年）。

《古書之句讀》（北京市：文化學社，1928年）。

《高等國文法》（北京市：商務印書館，1930年。後收入《大學叢
　　　書》，1935年改訂出版，1955年重版。後收入《漢語語法叢

書》，北京市：商務印書館，1984年。上海市：上海書店
　　　1990年影印版）。

《周易古義》（北京市：中華書局，1930年。後收入《楊樹達文集》
　　　之十三，上海市：上海古籍出版社，1991年）。

《馬氏文通刊誤》（北京市：商務印書館，1931年、1933年再版。北
　　　京市：科學出版社，1958年校訂出版。北京市：中華書局，
　　　1962年。現收入《楊樹達文集》之四，上海市：上海古籍出
　　　版社，1991年）。

《積微居文錄》（北京市：商務印書館，1931年）。

《中國修辭學》（上海市：世界書局，1933年。北京市：科學出版
　　　社，1954年。北京市：科學出版社，1955年再版時改名《漢
　　　文文言修辭學》。臺北：世界書局，1969年《中國修辭學》
　　　之名出版。北京市：中華書局，1980年《漢文文言修辭學》
　　　一名出版。現列為《楊樹達文集》之一，上海市：上海古籍
　　　出版社，1983年仍題《中國修辭學》）。

《古聲韻討論集》（信陽市：好望書店，1933年）。

《漢代婚喪禮俗考》（北京市：商務印書館，1933年）。

《群書檢目》（信陽市：好望書店，1934年）。

《論語古義》（北京市：商務印書館，1934年）。

《古書句讀釋例》即《古書之句讀》增訂本（北京市：商務印書館，
　　　1934年。北京市：中華書局，1954年校訂出版。現收入《楊
　　　樹達文集》之四，上海市：上海古籍出版社，1991年）。

《積微居小學金石論叢》（北京市：商務印書館，1937年。北京市：
　　　科學出版社，1955年增訂出版。北京市：中華書局，1983
　　　年）。

《春秋大義述》（重慶市：重慶商務印書館，1943年）。

《積微居金文說》（北京市：中國科學院考古研究所，1952年。北京市：科學出版社，1959年出版增訂本）。

《淮南子證聞》（北京市：中國科學院，1953年。現收入《楊樹達文集》之十一，上海市：上海古籍出版社，1985年）。

《積微居小學述林》（北京市：中國科學院，1954年。北京市：中華書局，1983年）。

《積微居甲文說‧卜辭瑣記》（北京市：中國科學院，1954年。後收入《楊樹達文集》之五，上海市：上海古籍出版社，1986年）。

《耐林廎甲文說‧卜辭求義》（上海市：群聯出版社，1954年。現收入《楊樹達文集》之五，上海市：上海古籍出版社，1986年）。

《論語疏證》（石印本，1943年。北京市：科學出版社，1955年。上海市：上海古籍出版社，1986年）。

《漢書窺管》（北京市：科學出版社，1955年。現列為《楊樹達文集》之十，上海市：上海古籍出版社，1984年）。

《鹽鐵論要釋》（北京市：科學出版社，1957年。北京市：中華書局，1963年。現收入《楊樹達文集》之十一，上海市：上海古籍出版社，1985年）。

《積微居讀書記》（北京市：科學出版社，1960年。北京市：中華書局，1962年）。

《積微翁回憶錄‧積微居詩文鈔》（現列為《楊樹達文集》之十七，上海市：上海古籍出版社，1986年）。

《中國文字學概要‧文字形義學》（現列為《楊樹達文集》之九，上海市：上海古籍出版社，1988年）。

（二）論文

《說國字及其系統》（民鐸，1920年2卷4期）。

《論中國文字的省略》（學藝，1920年2卷7期）。

《馬氏文通刊誤》（學藝，1921年3卷3、4期；學藝，1922年8期；學藝，1923年4卷2、8期）。

《韓詩內傳未亡說》（學藝，1921年2卷10期）。

《漢字之新系統序例》（中華體育界，1921年11卷2期）。

《漢字音符聲系表》（國語月刊，1922年1卷2、3、4、5期）。

《名詞、代名詞下「之」,「的」兩詞的詞性》（學藝，1922年4卷6期）。

《討論《詩經》「於以」的兩封信》（時事新報，1922年11月5日）。

《對於 C．P 君讀《馬氏文通刊誤》之說明》（學藝，1922年4卷2期）。

《國音辨似篇》（國語月刊，1922年1卷5期）。

《古書疑義舉例補》（國文學會叢刊，1922年1卷1期）。

《述古書中之代名詞》（民鐸，1922年3卷2期）。

《中國文法學之回顧》（民鐸，1923年4卷3期）。

《中國文中的介詞》（太平洋，1923年4卷2期）。

《長沙方言考》（太平洋，1923年4卷4期；民鐸，1925年6卷5期；清華學報，1936年11卷1期）。

《說中國語文之分化》（東方雜誌，1924年21卷2期）。

《讀劉文典《淮南鴻烈集解》》（太平洋，1924年4卷6期）。

《漢代老學者考》（太平洋，1924年4卷8期）。

《古書疑義舉例續補》（晨報，1925年副刊2期12、14、16、18、19、22日；晨報，副刊3月3、4日；晨報，副刊6月8、10日）。

《釋名新略例》（晨報，1925年12月1日增刊）。

《「之」字用法十二則》（文字同盟，1927年16期）。

《「則」字之意義與用法》（文字同盟，1927年1、2期）。

《跋《後漢書集解》》（清華學報，1927年4卷1期）。

《古書之句讀》（清華學報，1928年5卷1期）。

《《漢書》釋例》（燕京學報，1928年3期）。

《國文中之倒裝賓法》（清華學報，1930年6卷1期）。

《讀《漢書·儒林傳》》（國學叢編，1931年1期2冊）。

《讀《樂浪書》後》（北平圖書館館刊，1931年5卷4期；國學叢編，
　　　1932年1期6冊）。

《說制》（國學叢編，1932年2期1冊）。

《「意怠」、「鵁鶄」一鳥說》（國學叢編，1932年2期1冊）。

《班固所據史料考》（大公報，「文學副刊」229期1932年5月23日）。

《讀王氏《讀書雜誌》獻疑》（北京圖書館館刊，1932年6卷3期）。

《漢代喪葬制度考》（清華學報，1932年8卷1期）。

《釋慈》（國學叢編，1933年2期2冊）。

《釋》（國學叢編，1933年2期2冊）。

《詩音有上聲說》（國學叢編，1933年2期2冊）。

《形聲字聲中有義略證（附論中國語源學問題）》（清華學報，1934年
　　　9卷4期）。

《語源學論文七篇》（師大月刊，1934年14期）。

《語源學論文十二篇》（清華學報，1934年9卷4期）。

《古音對轉疏證》（清華學報，1935年10卷2期）。

《文字訓詁學論文十篇》（清華學報，1935年10卷4期）。

《讀容希白君《古石刻零拾》（附複書）》（考古學社社刊，1935年2
　　　期）。

《釋鎬》（考古學社社刊，1935年12期）。

《古音咍・德部與痕部對轉證》（文哲月刊，1935年創刊號）。

《譚戒甫《莊子・天下篇》校釋》（清華學報，1936年11卷1期）。

《十文說義》（文哲季刊，1936年5卷2期）。

《《呂氏春秋》拾遺》（清華學報，1936年11卷2期）。

《「子奚不為政」解》（制言，1936年18期）。

《潘文勤金石手劄鈔》（考古學社社刊，1936年4期）。

《字義同緣於構造同例證》（員輯，1936年1卷1期）。

《國文法之研究法及研究法之實用》（華年週刊，1936年5卷45期）。

《新莽量銘跋》（考古學社社刊，1936年5期）。

《讀《左傳》小箋》（清華學報，1937年12卷2期）。

《語言學論文十八篇》（清華學報，1937年12卷3期）。

《司徒司馬司空釋名》（語言與文學，1937年）。

《與胡適之論《詩經》「言」字書》（考古學社社刊，1937年6期）。

《與沈兼士論字音同義通讀書》（金陵學報，1940年10卷1、2期合刊）。

《讀《甲骨文編》記》（文哲叢刊，1940年1卷）。

《積微居字說》（東方雜誌，1940年37卷11、12、14期）。

《《春秋大義述》序》（文哲叢刊，1940年1卷）。

《京師解》（責善（半月刊），1941年2卷11期）。

《古文字研究》（學海，1942年17、18期合刊）。

《論小學書流別》（讀書通訊，1942年50期）。

《易牙非齊人考》（清華學報，1942年）。

《語源學論文十篇》（文史哲季刊，1943年1卷2期）。

《叔夷鐘跋》（斯文，1943年3卷1期；國立中山大學文史集刊，1948年1冊）。

《叔夷鐘跋補記》（斯文，1943年3卷7期）。

《積微居金文跋十六篇》（斯文，1943年3卷7期）。

《造字時有假借證》（復旦學報，1944年1期）。

《洹子孟薑壺跋》（說文月刊，1945年5卷3、4期合刊）。

《齊子仲姜鎛之叔即鮑叔說》（大公報，1946年12月18日「文史週刊」10期）。

《曾子簠跋》（經世日報，1946年12月4日「讀書週刊」17期）。

《《說文》「讀若」探源序》（經世日報，1947年4月9日「讀書週刊」34期）。

《《說文》「讀若」探源（上）》（學原，1947年1卷5期、6期合刊）。

《《爾雅》舒訓敘、緒釋》（湖南教育，1947年新1卷3期）。

《《詩》「對揚王休」解》（大公報，1947年1月8日「文史週刊」13期）。

《積微居字說》（復旦學報，1947年3期）。

《積微居金文說》（學原，1947年1卷3、9期；1948年2卷1期）。

《積微居甲文說》（學術叢刊（湖大），1947年1期）。

《免簠跋》（經世日報，1947年4月2日「讀書週刊」33期）。

《造字時有假借證》（復旦學報，1947年1期）。

《曾候簠跋》（國立中山大學文史集刊，1948年1期）。

《叔夷鐘跋》（國立中山大學文史集刊，1948年1期）。

《積微居字說》（歷史語言研究所集刊，1949年20本下）。

《釋》（嶺南學報，1950年11卷1期）。

《《竹書紀年》所見殷王名疏證》（光明日報，951年1月20日）。

《彝銘中之本字》（嶺南學報，1951年11卷2期）。

《新識字之由來》（嶺南學報，1951年11卷2期）。

《關涉周代史實之彝銘五篇》（歷史研究，1954年2期）。

《耐林廎金文說》（歷史研究，1954年6期）。

《異體字表中應一律採用正體字（合著）》（光明日報，1955年7月6
　　　日）。

二　其他文獻

（一）專著

白兆麟：《簡明訓詁學》（臺北市：臺灣學生書局，1996年）。

白兆麟：《新著訓詁學引論》（上海市：上海辭書出版社，2005年）。

陳初生：《金文常用字典》（西安市：陝西人民出版社，2004年）。

陳紱：《訓詁學基礎》（北京市：北京師範大學出版社，1990年）。

丁聲樹編錄，李榮參訂：《古今字音對照手冊》（北京市：中華書局，
　　　1981年）。

董蓮池：《說文解字考正》（北京市：作家出版社，2005年）。

段玉裁：《說文解字注》（上海市：上海古籍出版社，1981年）。

馮浩菲：《中國訓詁學》（濟南市：山東大學出版社，1995年）。

郭芹納：《訓詁學》（北京市：高等教育出版社，2005年）。

郭錫良：《漢字古音手冊》（北京市：北京大學出版社，1986年）。

郭在貽：《訓詁學（修訂本）》（北京市：中華書局，2005年）。

何金松：《漢字形義考源》（武漢市：武漢出版社，1996年）。

何九盈：《中國古代語言學史》（鄭州市：河南人民出版社，1985
　　　年）。

何九盈：《中國現代語言學史》（廣州市：廣東教育出版社，1995
　　　年）。

洪誠：《訓詁學》（南京市：江蘇古籍出版社，1984年）。

胡繼明：《廣雅疏證》同源詞研究》（成都市：巴蜀書社，2003年）。

胡樸安：《中國訓詁學史》（上海市：上海書店，1984年）。

胡奇光：《中國小學史》（上海市：上海人民出版社，1987年）。

黃健中：《訓詁學教程》（武漢市：荊楚書社，1988年）。

黃侃：《黃侃論學雜著》（上海市：上海古籍出版社，1980年）。

黃侃述，黃焯編：《文字聲韻訓詁筆記》（上海市：上海古籍出版社，1983年）。

黃侃、劉師培著，劉夢溪主編，吳方編校：《中國現代學術經典・黃侃劉師培卷》（石家莊市：河北教育出版社，1996年）

黃侃著，黃焯整理，黃延祖重輯：《說文箋識》（北京市：中華書局，2006年）。

黃易青：《上古漢語同源詞意義系統研究》（北京市：商務印書館，2007年）。

黃永武：《形聲多兼會意考》（臺北市：文史哲出版社，1984年）。

蔣紹愚：《古漢語詞彙綱要》（北京市：北京大學出版社，1989年）。

李國英：《小篆形聲字研究》（北京市：北京師範大學出版社，1996年）。

李建國：《漢語訓詁學史》（合肥市：安徽教育出版社，1986年）。

梁啟超：《飲冰室文粹・清代學術概論》（天津市：天津古籍出版社，2003年）。

路廣正：《訓詁學通論》（天津市：天津古籍出版社，1996年）。

陸宗達：《訓詁簡論》（北京市：北京出版社，1980年）。

陸宗達、王寧：《訓詁和訓詁學》（太原市：山西教育出版社，1994年）。

陸宗達、王寧：《訓詁方法論》（北京市：中國社會科學出版社，1983年）。

羅竹風：《漢語大詞典（縮印本）》（上海市：世紀出版集團、漢語大
　　　　詞典出版社，2002年）。

孟蓬生：《上古漢語同源詞語音關係研究》（北京市：北京大學出版
　　　　社，2001年）。

齊佩容：《訓詁學概論》（北京市：中華書局，1984年）。

錢基博：《近百年湖南學風》（北京市：中國人民大學出版社，2004
　　　　年）。

裘錫圭：《文字學概要》（北京市：商務印書館，1999年）。

任繼昉：《漢語語源學》（重慶市：重慶出版社，2004年）。

沈兼士：《沈兼士學術論文集》（北京市：中華書局，1986年）。

宋福邦等：《故訓匯纂》（北京市：商務印書館，2003年）。

宋均芬：《漢語詞彙學》（北京市：知識出版社，2002年）。

宋子然：《訓詁理論與應用》（成都市：巴蜀書社，2002年）。

蘇寶榮、武建宇：《訓詁學》（北京市：語文出版社，2005年）。

孫雍長：《訓詁原理》（北京市：語文出版社，1997年）。

湯可敬：《說文解字今釋》（長沙市：嶽麓書社，1997年）。

唐作藩：《上古音手冊》（南京市：江蘇人民出版社，1982年）。

汪耀楠：《注釋學綱要》（北京市：語文出版社，1991年）。

王力：《中國語言學史》（太原：山西人民出版社，1981年）。

王力：《王力語言學論文集》（北京市：商務印書館，2000年）。

王力：《漢語史稿》（北京市：中華書局，2002年）。

王念孫：《廣雅疏證》（南京市：江蘇古籍出版社，1984年）。

王念孫：《讀書雜誌》（南京市：江蘇古籍出版社，1985年）。

王引之：《經傳釋詞》（南京市：江蘇古籍出版社，1985年）。

王引之：《經義述聞》（南京市：江蘇古籍出版社，1985年）。

王寧：《訓詁學原理》（北京市：中國國際廣播出版社，1996年）。

王彥坤：《古籍異文研究》（廣州市：廣東高等教育出版社，1993）。

許威漢：《訓詁學導論》（北京市：北京大學出版社，2003年）。

徐超：《中國傳統語言文字學》（濟南市：山東大學出版社，2000年）。

徐興海：《廣雅疏證》研究》（南京市：江蘇古籍出版社，2003年）。

徐中舒：《甲骨文字典》（成都市：四川辭書出版社，2003年）。

徐中舒主編：《漢語大字典（縮印本）》（武漢市：湖北辭書出版社；成都：四川辭書出版社，1993年）。

殷寄明：《漢語語源義初探》（學林出版社，1998年）。

殷寄明：《語源學概論》（上海市：上海教育出版社，2000年）。

於省吾：《甲骨文字釋林》（北京市：中華書局，1999年）。

于省吾主編：《甲骨文字詁林》（北京市：中華書局，1996年）。

曾昭聰：《形聲字聲符示源功能述論》（合肥市：黃山書社，2002年）。

張標：《20世紀《說文》學流別考論》（北京市：中華書局，2003年）。

張博：《漢語同族詞的系統性和驗證方法》（北京市：商務印書館，2003年）。

章太炎：《章太炎全集（七）》（上海市：上海人民出版社，1987年）。

章太炎：《國故論衡》（上海市：上海古籍出版社，2003年）。

張儒、劉毓慶：《漢字通用聲素研究》（太原市：山西古籍出版社，2002年）。

張永言：《訓詁學簡論》（武漢市：華中工學院出版社，1985年）。

趙克勤：《古代漢語詞彙學》（北京市：商務印書館，2005年）。

趙振鐸：《訓詁學史略》（鄭州市：中州古籍出版社，1988年）。

趙振鐸：《訓詁學綱要》（成都市：巴蜀書社，2003年）。

周大璞主編，黃孝德、羅邦柱分撰：《訓詁學初稿》（武漢市：武漢大
　　　學出版社，2002年）。

朱承平：《異文類語料的鑒別與應用》（長沙市：嶽麓書社，2005年）。

朱漢民、聶榮華：《湖湘文化縱橫談》（長沙市：湖南大學出版社，
　　　1996年）。

（二）論文（集）

有關楊樹達語言文字研究的論文

範進君：《論《詞詮》》（求索，1990年第1期）。

高振鐸：《《古書句讀釋例》校正之一》（古籍整理研究學刊，1985年
　　　第1期）。

高振鐸：《《古書句讀釋例》校正之二》（古籍整理研究學刊，1985年
　　　第2期）。

高振鐸：《《古書句讀釋例》校正之三》（古籍整理研究學刊，1985年
　　　第3期）。

高振鐸：《《古書句讀釋例》校正之四》（古籍整理研究學刊，1985年
　　　第4期）。

管燮初：《《積微居金文說》的識字方法》、《楊樹達誕辰百年紀念集》
　　　（長沙市：湖南教育出版社、湖南師範大學學報編，1985
　　　年）。

郝光順：《對《馬氏文通》「有解」、「無解」涵義的探討——兼與楊樹
　　　達先生商榷》（吉林師範大學學報，1991年第3期）。

何澤翰：《積微先生與語源學》、《楊樹達誕辰百年紀念集》（長沙市：
　　　湖南教育出版社、湖南師範大學學報編，1985年）。

侯占虎：《考語源，求字義——楊樹達先生學術研究的特點》（聊城大
　　　學學報，2002年第3期）。

江灝：《讀《長沙方言考》》、《楊樹達誕辰百年紀念集》（長沙市：湖南教育出版社、湖南師範大學學報編，1985年）。

雷敢：《遇夫先生治小學之成就》、《楊樹達誕辰百年紀念集》（長沙市：湖南教育出版社、湖南師範大學學報編，1985年）。

李長林：《楊樹達先生與中外文化交流》（古籍整理研究學刊，1990年第1期）。

李建國：《遇夫先生文字語源學簡說》、《楊樹達誕辰百年紀念集》（長沙市：湖南教育出版社、湖南師範大學學報編，1985年）。

李紹平：《古文獻整理的大師》、《楊樹達誕辰百年紀念集》（長沙市：湖南教育出版社、湖南師範大學學報編，1985年）。

李維琦：《「字義同源於語源同」略說》、《楊樹達誕辰百年紀念集》（長沙市：湖南教育出版社、湖南師範大學學報編，1985年）。

劉善良：《《詞詮》的疏誤》（讀書，1981年第2年）。

秦旭卿：《簡論楊樹達先生的《漢語文言修辭學》》、《修辭學論文集（第一集）》（福州市：福建人民出版社，1983年）。

秦旭卿：《再論楊樹達先生的《中國修辭學》》、《楊樹達誕辰百年紀念集》（長沙市：湖南教育出版社、湖南師範大學學報編，1985年）。

沈允海：《略談楊樹達治語言文字學之方法》（湖州師範學院學報，1989年第4期）。

沈允海：《簡論楊樹達對語言文字學的貢獻》（湖州師範學院學報，1989年第1期）。

沈允海：《以聲求義的條例》（湖州師範學院學報，1985年第3期）。

孫良明：《談楊樹達《漢書窺管》「句式類比」語法分析法──兼說我國古代語法學一傳統分析法》（語言研究，2005年第2期）。

孫雍長：《遇夫先生研究說的態度》、《楊樹達誕辰百年紀念集》（長沙市：湖南教育出版社、湖南師範大學學報編，1985年）。

湯可敬：《《詞詮》述評》、《楊樹達誕辰百年紀念集》（長沙市：湖南教育出版社、湖南師範大學學報編，1985年）。

王玉堂：《遇夫先生對語法學之貢獻》《楊樹達誕辰百年紀念集》（長沙市：湖南教育出版社、湖南師範大學學報編，1985年）。

王月婷：《《積微居小學述林・造字時有通借證》商榷》（山東教育學院學報，2004年第1期）。

王占福等：《楊樹達《中國修辭學》「參互」修辭格辨析》（石家莊師範專科學校學報，2003年第2期）。

吳培德：《《詞詮》引《詩》異議》（曲靖師專學報，1994年第1期）。

吳小如：《讀楊樹達《長沙方言考》、《長沙方言續考》劄記》、《讀書劄記》（北京市：北京大學出版社，1987年）。

蕭德銑：《《漢書窺管》管窺》（懷化師專學報，1989年第1期）。

徐超：《楊樹達語源學思想及其研究方法》（人大資料複印中心，語言文字學，1991年第11期）。

徐複：《楊樹達先生遺著獻疑——兼論漢語考證的方法與途徑》（南師學報，1959年第2期）。

徐靜：《評《高等國文法》、《詞詮》對副詞的分類——與《馬氏文通・狀字》比較》（語文學刊，2005年第9期）。

徐淩等：《楊樹達《古書句讀》解題》（重慶職業技術學院學報，2005年第1期）。

許嘉璐：《蒼史功臣叔重靜友——《說文》楊氏學述略》、《楊樹達誕辰百年紀念集》（長沙市：湖南教育出版社、湖南師範大學學報編，1985年）。

楊德豫：《《文字形義學》概況》、《楊樹達誕辰百年紀念集》（長沙市：湖南教育出版社、湖南師範大學學報，1985年）。

楊逢彬：《楊樹達的《春秋大義述》及相關未刊稿》（中國典籍與文
　　　　化，2002年第3期）。

楊逢彬、楊柳岸：《近世訓詁學鉅子——記湖南省文史研究館首任館
　　　　長楊樹達》（世紀，2008年第4期）。

楊榮祥：《楊樹達先生學術成就述略》（荊州師範學院學報，1999年第
　　　　1期）。

楊文全：《古漢語研究的奠基之作——《詞詮》平議》（青海民族學院
　　　　學報，2002年第期）。

袁慶述：《《長沙方言考》拾補》、《楊樹達誕辰百年紀念集》（湖南師
　　　　範大學學報編、湖南教育出版社，1985年期）。

張曉東：《論《詞詮》的闕失》（衡陽師範學院學報，2002年第1期）。

張在雲：《《詞詮》引《左傳》而誤注引文出處勘正》（雲南教育學院
　　　　學報，1994年第6期）。

張在雲：《《詞詮》修訂本誤斷一例》（古漢語研究，1993年第4期）。

張芷：《楊樹達和漢語語源學》、《楊樹達誕辰百年紀念集》（湖南師範
　　　　大學學報編、湖南教育出版社，1985年期）。

趙誠：《楊樹達的甲骨文研究》（古漢語研究，2005年第1期）。

鄭子瑜：《評楊樹達《古書句讀釋例》》、《鄭子瑜學術論著自選集》
　　　　（北京市：首都師範大學出版社，1994年）。

周秉鈞：《《漢書窺管》文法為訓釋例》、《楊樹達誕辰百年紀念集》
　　　　（湖南師範大學學報編、湖南教育出版社，1985年期）。

其他論文（集）

陳建初：《論黃侃先生的語源學思想》（湖南教育學院學報，1990年第
　　　　1期）。

陳建初：《近十年來漢語語源研究述評》（湖南師範大學社會科學學
　　　　報，1990年第4期）。

方平權：《漢語詞義探索》（長沙市：嶽麓書社，2006年）。

馮燕：《《說文》聲訓型同源詞研究》（北京師範大學學報，1989年第期）。

江聿華：《中國傳統語言學的特點及其文化背景》（齊齊哈爾師範學院學報，1990年第2期）。

李開：《論黃侃先生的字源學說和方法》（南京大學學報，1986年第1期）。

李運益：《論形訓》（西南師範大學學報，1982年第1期）。

劉堅：《二十世紀的中國語言學》（北京市：北京大學出版社，1998年）。

劉又辛：《劉又辛語言學論文集》（北京市：商務印書館，2005年）。

劉又辛：《文字訓詁論集》（北京市：中華書局，1993年）。

盧烈紅：《黃侃的語源學理論和實踐》（武漢大學學報，1995年第6期）。

陸宗達，王寧：《淺談傳統字源學》（中國語文，1984年第5期）。

王力：《同源字論》、《王力語言學論文集》（北京市：商務印書館，2000年）。

王力：《新訓詁學》、《王力語言學論文集》（北京市：商務印書館，2000年）。

王力：《訓詁學上的一些問題》、《王力語言學論文集》（北京市：商務印書館，2000年）。

謝棟元：《黃季剛先生與訓詁學》（南京師範大學學報，1986年第1）。

徐複：《徐複語言文字學論稿》（南京市：江蘇教育出版社，1995年）。

曾憲通：《古文字與漢語史論集》（廣州市：中山大學出版社，2002年）。

張世祿：《張世祿語言學論文集》（上海市：學林出版社，1984年）。

趙振鐸：《語言學家黃侃》（南京大學學報，1986年第1期）。

鄭遠漢：《黃侃學術研究》（武漢市：武漢大學出版社，1997年）。

北京市語言學會：《中國語言學百年叢論1900-2000》（北京市：北京
　　　　語言大學出版社，2004年）。

附錄

一　楊樹達系聯同源字、同義字一覽表

1　《論叢·釋》

同義字				羹	聲義關係：京聲有雜義；京、羹古音同，從京猶從羹；、羹異體
構造	京聲	京聲	從□從羔	從羔從美	
意義	雜味	雜色牛	五味和羹	五味相和	

2　《論叢·釋贈》

同義字	贈	既	賞	賀	貶	賜	增	罾	甑	矰		層	矰	橧	聲義關係：曾聲字有加義；兄有滋訓；尚有加訓；皮字有加義；易、益互通
聲符	曾	兄	尚	加	皮	易	曾	曾	曾	曾	曾	曾	曾	曾	
意義	增益	增賜	加賜	加禮	益予	加賞	增加	罾在木上	加於釜上	仰射高處	加於釜上	重屋	高樓	聚木其上	

3　《論叢·釋旂》

同義字	旂	旟	斾	斦	旌	旗		旞		聲義關係：旂之為言召也，兆、召通
構造	從□兆聲	從□與聲	從□丹聲	從□斤聲	從□生聲	從□其聲	從□冉聲	從□會聲	從□要聲	
意義	召士眾	聚眾	招庶人	招士	招大夫	招士卒	旆表士眾	會合士眾	要約士眾	

4 《論叢・釋晚》

同義字	晚	俛（頫）	晼	洝	鞔	莫	昏	聲義關係：
聲符	免	免	免	免	免	舛（亦形）	從氐、日	免聲有低下義；氐有下義；俛、頫異體；莫、昏會意字
意義	日落	低頭	前低	地低積水	履空	日落	日落	

5 《論叢・釋經》

5.1

同義字	經	巠	廷	庭	頲	挺	侹	脡	珽	徑	涇	脛	鋞	聲義關係：
聲符	巠	□省	□省	廷	廷	廷	廷	廷	廷	巠	巠	巠	巠	聲孳乳之字多訓直
意義	直	水脈	直	直	直	直	平直	直	挺直	直	直波	直長	圓直	

5.2

同義字		觠	卷	拳	睠			權	聲義關係：古聲字多訓曲；雚同音，故雚聲字亦多訓曲。
聲符						雚	雚	雚	
意義	曲齒	曲角	曲膝	曲手	曲頸	曲脊	弓曲	枉曲	

6 《論叢・釋暍》

同義字	暍	犗	羯	揭	劀	搳	饐	餲	聲義關係：曷、害通用；歲、害古音同。
聲符	曷	害	曷	葛曷	歲	害	歲	曷	
意義	傷暑	傷牛	傷羊	傷手	利傷	傷手	傷食	傷食	

7　《論叢‧釋滓》

同義字	滓	鷥	黕	澱		坒	聲義關係：兹有黑義，宰、兹互通；滓黕澱坒四字互訓。
聲符（形符）	宰	兹	黑	氵	黑	土	
意義	污垢	黑鳥	滓垢	滓坒	滓坒	滓	

8　《論叢‧釋謹》

同義字	謹	廑	僅	饉	殣	槿	勤	椴	蕣	聲義關係：堇聲之字含寡少義；椴之為言短，蕣之為言瞬。
聲符（同音字）	堇	堇	堇	堇	堇	堇	堇	短	瞬	
意義	寡言	少劣之居	才能	食物寡乏	乏食而死	華時短促	少	華時短促	華時短促	

9　《論叢‧釋聽》

同義字	聽	忻		欣		齗	狠	狠	聲義關係：斤聲有開義，斤、艮古音同。
聲符	斤	斤	斤	斤	斤	艮	艮	艮	
意義	笑貌(口開)	心開(開心)	喜(口開)	笑喜(口開)	犬吠(張口)	齧(張口)	犬鬥(鬥時張口吠)	齧(張口)	

10　《論叢‧釋頰》

同義字	頰		脅	挾		輔	髆	膀	胠	聲義關係：劦與夾音近；夾、甫義同；旁與甫對轉；劫之為言夾。
聲符	夾	夾	劦	夾	甫	甫	專甫	旁	劫省聲	
意義	面兩旁	目兩旁	兩膀	在傍	頰	人頰車	人肩甲夾	脅	腋下	

11 《論叢・釋雌雄》

11.1

同義字	雌	佌	柴	貲	㜏	疵		齜	跐	
聲符	此	此	此	此	此	此	此	此	此	聲義關係：此聲字多含小義。
意義	鳥母	小	小木	小罰以財	婦人小物	小病	淺渡	短	口上小須	

11.2

同義字	雄	弘	宏	閎	泓	
聲符	厷	厷	厷	厷	厷	聲義關係：厷聲字多含大義。
意義	鳥父	大	大	大	聲大	

11.3

同義字	粉		頒	坋	汾	墳	蕡（黂）	鼖（□）	
聲符	分	分	分	分	分	賁	賁	賁省	聲義關係：分聲字多含大義；分、賁古音同。
意義	羊牡	大巾	大頭	大防	大	大	大麻子	大鼓	

11.4

同義字		鯫		雛	緅	鄒	棷	
聲符	聚	取	聚	芻	芻	芻	奏	聲義關係：取聲聚聲及音近之字多含小義。
意義	豕牝	雜小魚	細斷	雞子	絺之細者	狹小之言	小橘	

12 《論叢・形聲字聲中有義略證》

12.1

同義字	齤	卷	拳	眷			權	拳	蘳		聲義關係：聲、雚聲字多含曲義。
聲符					雚	雚	雚		雚		
意義	曲齒	曲角	曲膝	曲手	曲頸	曲脊	弓曲	枉曲	革中辟曲	初生草曲	

12.2

同義字	鷰	驠	騴	鰋	聲義關係：燕聲晏聲字多含白義。
聲符	燕	燕	晏	晏	
意義	鳥之白頸者	馬之白竅者	馬尾本白者	白魚	

12.3

同義字	赤	赭	褚	緒	杜	朱	絑	袾	赨	銅	彤	赫	瑕	騢	蝦	霞	瑚	昒	聲義關係：赤聲、者聲、朱聲、叚聲字多含赤義。
聲符	赤	赤	者	者	土	朱	朱	朱	蟲	同	丹	赤	叚	叚	叚	叚	胡	戶	
意義	赤色	赤土	赤衣	降帛	赤棠	赤心木	純赤	朱衣	赤色	赤金	丹飾	大赤	玉小赤	赤白馬	熟後赤	赤雲氣	赤玉色	赤文	

12.4

同義字	呂	侶	閭	旅	梠	綹	筥	櫚	櫨	聲義關係：呂聲、旅聲、盧聲字多含連立之義。
聲符	呂	呂	呂	從形	呂	呂	呂	呂	盧	
意義	脊骨相連	伴	群侶	軍五百人	屋楣	縫衣使相連	禾四秉	葉密布	屋上	

12.5

同義字	幵	枅		並	骿	餅		併	駢
聲符	幵	幵	幵	幵	並	並	並	並	並
意義	平	屋欂櫨	小束	相從	脅並幹	合併濃麵	枝葉密佈	並立	駕二馬

聲義關係：開聲字多含並列之義。

12.6

同義字	邕	廱	雍雝	擁	壅	鼺	癰		容	墉
聲符	邕	邕	邕	邕	邕	邕	邕	雝	容	庸
意義	水邕成池	築土邕水	四面積高	裹	閉塞	鼻窒	氣雍結	汲瓶居中	車有帷蔽	城垣

聲義關係：邕聲、容聲、庸聲字多含蔽塞之義。

12.7

同義字	重		篤	毒	醲	蓐	農	隆	濃	醲	膿	禯	湩	酧		篤	輈	鋀	穜
聲符	重	童	竹	竹	毒	需	辱	農	隆	農	農	農	重	同	重	竹	周	周	童
意義	厚	衣厚	厚	厚	厚	厚酒	厚	厚	厚	貌	厚酒	厚味	厚衣	乳汁	馬酪	馬行遲	重	鈍	後熟

聲義關係：重聲、竹聲農聲字多含厚義。

12.8

同義字	冣	聚	堅	諏	湊	叢				稯	嵸	總		猣	同	潀	綜
聲符	取	取	取	取	奏	取	叢	兒		嵏		恩	恩	從	同	眾	宗
意義	積	會	積土	聚謀	人水上會	聚	草叢生	鳥飛欲足	葉密佈	九山	布八十縷	聚束	屋階中會	叢聚幼豕	合會	小水聚集	機縷

聲義關係：取聲、奏聲、恩聲字多含會聚之義。

12.9

同義字	枅	櫨	絣	綹		櫚	筥	稯
意義	屋欂櫨		縫衣		□櫚		禾多秉	
聲類	開	呂	開	呂	開	呂	呂	□
受名之故	開有併合之義，呂有連侶之義，有聚合之義，義皆相近。							

13 《論叢・字義同源於語源同例證》

13.1

同義字	夾	頰	挾			髆	輔	浦
意義	兩旁	面兩旁	在傍夾	目兩旁	面兩旁	人兩肩	面旁車	水兩旁
聲類	夾					甫		
受名之故	夾、甫義同，均有兩旁義。							

13.2

同義字	糗	□（炒）			
意義	熬米麥	熬	乾飯	以火乾肉	以火乾五穀
聲類	芻		（同畐）		
受名之故	糗之受名源於，糗、、、皆源於以火乾物。				

13.3

同義字	郭	秠	胇	荂	覆	袍	胞	□（郭）
意義	郭之外	谷皮	外包	木表皮	覆蓋	外衣	兒生裏	外城
聲類	孚（與包古音同）							
受名之故	包聲、孚聲、聲皆有包裹在外之義。							

13.4

同義字	繬	搕	經	剄
意義	以絲系嗌（咽）	以手捉嗌（咽）	以絲系頸	以刀割剄
聲類	益（假為嗌，即咽）		巠（假為頸）	
受名之故	繬、搕、經、剄義為以物系頸，義同組織結構、語源同。			

13.5

同義字	淪	沄	囦	芸
意義	水轉輪	轉流	回	可回生之草
聲類	侖			
受名之故	淪受義於回轉，雲聲之字有回轉義。			

13.6

同義字	贈	譄	增	貺	貱	賜	賞	賀
意義	增禮	加言	增加	增賜	賜予	加賞	加賜	加禮
聲類	曾	曾	曾	兄	皮	易	尚	加
受名之故	曾聲字有加義；兄有孳益義；皮字有加義；易可假為益；尚有加義。							

13.7

同義字	旗	旌	旟	旐	旝
意義	招士卒	精進士卒	聚眾	召士卒	會合士眾	要約士眾
聲類	其	生	與	兆	會	要
受名之故	旗與期同從其聲；精從青聲；兆假為召；旟、旐同義；會有會合之義；要為要約之義。					

13.8

同義字	駒	狗	駣		羔	窕	刀	刁	輗	沼	昭
意義	小馬	小狗	小馬	小羊	小鼓	輕小	小船	小鈴	小車	小池	小明
聲類	句			兆			刀		召		
受名之故	句聲字有小義；兆（刀）聲有小義；召與兆同音，亦有小義。										

13.9

同義字	盂	汙	圩	盌	宛
意義	飲器中低	小池低下	頂上低下	小盂中低	中低四面高
聲類	於			夗	
受名之故	於聲、夗聲多含低下之義。				

13.10

同義字	廱	壅	齆	疽	阻	罝	瘀	閼	淤	瘤	留	罶	痤
意義	氣堵	閉塞	鼻窒	久廱	止	遮	積血	遮堵	積泥	氣腫	止魚	止	小腫
聲類	邕			且			於			留			坐
受名之故	邕聲字多含蔽塞之義；且聲字含止義；於聲字多含壅塞義；留、坐有止義。												

13.11

同義字	鰱	鰱	芬	苾	餅	餛	鳳	鷟
意義	鰱鰱魚	鰱魚	草香分佈	馨香	並	餅	神鳥	神鳥
聲類	與	連	分	比	並	昆	凡	族
受名之故	與、連同義。		必訓分極。		昆，同也，與並同義。		凡、族義近。	

13.12

同義字	頸	廷	頲	庭	挺	侹	脡	徑	俓	脛	鋞	經	脰	頭	侸
意義	頭莖	直	直	直	直	直	直	圓直	直波	體直	器直	直絲	頸	人首	立
聲類														豆	
受名之故	聲孳乳之字含直立之義；豆聲字多含直立之義。														

13.13

同義字	暴	犦	爆	瀑		犦封
意義	墳起	犎牛領肉突起	爛起	濆起	起皮	犦牛
聲類	暴					
受名之故	暴聲字多突起之義。					

13.14

同義字	梠	閭	比		族	黨
意義	屋楣	連侶	比密	梠	連類	朋群
聲類	呂		比		族	黨
受名之故	呂聲字有連侶之義；比聲孳乳字含次比義；族聲字有叢聚義；黨有群義。					

13.15

同義字	俄	頃		曰	雲	箴	刺
意義	頃貌	頭不正	目不正	詞	山川氣	縫衣用	直傷
聲類	我	頃	矢	曰	雲	鹹	束
受名之故	我聲含傾斜義；頃為一傾首間；為一動目間。			曰為口氣上出，雲亦有氣上出之義。		箴、束皆銳鋒。	

13.16

同義字	昏	莫	晚	腳	臐	膮
意義	日下	日在草中	日暮	香	香	肉香
聲類	氐	茻亦形	免	香	熏	蒿
受名之故	氐有下義；日在茻中為低下；免聲字有下義。			腳與香音同，故同源；臐從熏聲，熏為香草；膮音與蒿同，蒿訓香草。		

13.17

同義字	叚	㞋	憲	分	別	獄	圉
意義	敏疾	疾	敏	別	分解	確	囹圄
構造	從口、又	從又、止	從心、目	從八、刀	從刀、冎	從⼐、⼐	從口、⼐
受名之故	叚以手口並用；㞋以手足並用；憲以心目並用。			分從八刀，別從刀冎，皆分別義。		獄為兩犬守罪人，圉為用口拘罪人，結構同。	

13.18

同義字		隻	有	取
意義	取	手持隹	手持肉	取左耳
聲類	從寸貝	從又隹	從又肉	從又耳
受名之故	手持貝謂之，手持隹謂之隻，手持肉謂之有，手持耳謂之取，義同由組織同。			

13.19

同義字	脛	䪼	骹	較	校	骬	稈	榦	竿
意義	體直	榦	脛	直	直	骹	禾莖	直木	竹挺
聲類	巠貞			交		幹			
受名之故	□、貞聲字多含直義；交聲字多含直立義；幹聲字亦多含直立之義。								

13.20

同義字	脯	脩			脅	膀
意義	幹肉	脯	胸脯	欲幹	兩膀	脅
聲類	甫	攸			劦	旁
受名之故	脯、脩受名於乾燥義；聲字有幹義。				劦之為言夾，夾有旁義。	

13.21

同義字	讒	鑱	攙	劖	譖	鐕	憯	朁
意義	言傷人	銳利	貫刺	砭刺	言傷人	銳物	痛	銳意
聲類	毚				朁			
受名之故	毚聲、朁聲有銳利之義。							

13.22

同義字		瞳	矑	抱	暈
意義	眼中黑子	目童子精	黑	氣向日	日月氣
聲類	玄	喜	盧	包	軍
受名之故	縣、玄古音近，玄有黑義；喜之為言黑也；盧聲字有黑義。			包聲字有包裹義；軍從包省而訓圓圍，與抱義正同。	

13.23

同義字	雄	弘	麠	豭	蝦	假	椵	羖	羒		汾	墳	黂
意義	鳥父	大	牡鹿	牡豕	大鰕	大	大牛	牡羊	牡羊	大巾	大水	大丘	大麻子
聲類	厷		叚羖古音與假同						分賁				
受名之故	厷聲字有大義；叚聲字有大義；分聲字有大義。												

13.24

同義字	雌	佌	柴	斐	啙		疀		鰦	聚		緦	樶
意義	鳥母	小	小木	小物	短	淺渡	小須	豕牝	小魚	小邑	細斷	細緰	小橘
聲類	此						取聚芻奏						
受名之故	此聲字多含小義；取聲聚聲及音近之字多含小義。												

13.25

同義字	扇	扉	貧	寡	解	析
意義	扉	戶扇	財分少	少	解牛	破木
構造	從戶從翅省	從戶，非省	從貝分	從宀頒	從刀判牛角	從木從斤
受名之故	扇從戶從翅省；扉從戶非聲，非從飛下翅，取其相背。		貧從貝分，故少，分亦聲；寡從宀頒，頒，少也，宀分，故少。		以刀解牛角謂之解，以斤破木謂之析，義相同則組織同。	

13.26

同義字	諧	詻	誠	詷
意義	詻	諧	和	共
聲類	皆	各	鹹	同
受名之故	諧、詻、誠、詷四字義近，其聲類皆、各、鹹、同亦同義。			

13.27

同義字	諛	腴	謟	窞	陷	監
意義	謟卑下	腹下	諛	小坎	高下	臨下
聲類	臾		臽			
受名之故	臾有下義；臽有低下之義。					

13.28

同義字	梏	桁	桯	蕩
意義	手械	腳械	床前幾（平）	平
聲類	告	行（衡）	呈	蕩
受名之故	梏受義於告；桁受義於衡。桯、蕩受義于平：桯呈聲，呈有平義，蕩亦有平義。			

13.29

同義字	桃（蟲）	鵃				眇	筊
意義	小鳥	小鳥	小面焦	小	小鳥	小目	小管
聲類	兆	焦			眇		
受名之故	受名之故兆聲字有小義；焦聲字有小義；眇聲字亦含小義。						

13.30

同義字	賢	能	豪	柟	翳	臣	虜
意義	多才	能傑	豪傑	木自斃	木被斃	牽	獲
受名之故	賢、能、豪固有堅義。			柟、翳皆受義於僕。		虜受義于為人所拘。	

13.31

同義字	聽	忻	噱		呿	袪	胠
意義	笑貌	開心	大笑	且往	開	開	旁開
聲類	斤		去虖				
受名之故	斤聲字有開義；去聲字多有開義（虖假為去）。						

13.32

同義字	罶	罝	阻	畷	輟	綴	啜		戶	扈
意義	止魚	止兔	止	止鳥	止	止	止	止兔	止	止
聲類	留	且		叕				互		
受名之故	留、阻固有止義；叕聲字含有止義；互聲及音近之字多含止義。									

14 《述林・字義同緣於語源同續證》

14.1

同義字	壻婿	諝		胥	疏			倩	婧
意義	夫	知	知	知	通	通	疏窗	人美字	有才
聲類	疋							青	
受名之故	疋聲字含通義；青聲字含才知義。								

14.2

同義字	聰	窻	憁	蔥	晄明	憭	竂		寮	鐐	靈	櫺	等	舲
意義	察	孔	空	空菜	照	慧	穿	小窗	莖葉疏	有孔鑑	明慧	楯閒子	多孔竹	有窗船
聲類	囪				囧	寮					需			
受名之故	囪、囧、寮、需聲字含明慧空通之義。													

14.3

同義字	鏠	鏑	譽	舉	再	偁
意義	兵鋒	矢鋒	以言稱舉	以手對舉	並舉	飛舉
聲類	鋒	束	舁		冓	
受名之故	鏠、鏑皆受義於銳利。舁、冓皆有舉義。					

14.4

同義字		誹	詆	譏	呰	謗
意義	言人之惡	言人非	言人低下	輕而小之	輕而小之	言人微薄
構造	從言亞聲	從言非聲	從言氐聲	從言幾聲	從口此聲	從言旁聲
受名之故	□、誹、詆、譏、呰、謗皆受義於「言人低下」。					

14.5

同義字	桎	庢	杒	軔	忍	訒	梏	牿
意義	足械	礙止	桎杒	礙車木	心有止	言有止	手械	牛馬牢
聲類	至		刃				告	
受名之故	至之為言臸，臸，礙也；刃聲字含礙止義；梏、牿受義於礙止。							

14.6

同義字	脮	崖	隹	崔	尻	屵	嵿	旭		殿
意義	突肉	高	高	高大	脮	高氣	高	日高	高形	高堂
聲類	隹				九					
受名之故	隹聲字含高義；九聲字含高義；有高起之形。									

14.7

同義字	頯	頄	朜	庉	軘	
意義	面權高起		面頯	樓牆	兵車	權
聲類	九			屯		出
受名之故	頯、頄同字，九聲有高義；屯聲字有高義；出可訓高出之義。					

14.8

同義字	㭮	菖	芰	隸	僕
意義	角	角	角	隸屬	附著
聲類	棱	角	枝	柰	附
受名之故	㭮之言棱、菖之言角、芰之言枝，皆受義於角。			隸屬於吏謂隸、附著於人謂僕，皆受義於附著。	

14.9

同義字	沚	坻	陼	郡	酇	都
意義	小渚	小渚	小渚	群邑	百家	民聚
聲類	止	氏	著	群	贊	都
受名之故	沚從止聲、坻之言底、陼之言著，皆受義於止。郡之言群，贊聲含叢聚義，都有聚義。					

14.10

同義字	腒	裾	鋸	倨	據	脡	臈
意義	形直臘鳥	直	直鋸	不遜（直）	直項	直	直
聲類	居					廷	直
受名之故	居聲字含直義；廷聲字有直義；臈與直音近。						

14.11

同義字	餲	饐	噎		曀	邋	遂
意義	飯餲	飯傷濕	飯窒	天陰塵	陰而風	逃	亡
聲類	遏	壹				豚	豕
受名之故	餲之言遏；壹有止義。					豚有善逃義；豚豕義近。	

14.12

同義字	戍	役	屰		曾	尚
意義	守邊	戍	不順	不順	語之舒	氣分散
構造	從人持戈	從人殳	從倒子	從倒大	從八從口	從八從向
受名之故	戍從人持戈，役從人持殳，構造同，故義同。		從倒子、屰從倒大，皆訓不順，構造同。		曾從八，謂氣穿窗出，尚從八向，謂氣從牖散。	

14.13

同義字	開	闢	僉	皆	咸	同	合
意義	張	開	皆	俱	皆	合會	同
構造	從門开	從門辟	從亼吅從	從比白	從口戌	從□口	從亼口
受名之故	開、闢鼓古文皆象以手開門之形。		二人二口相合為僉、二人共一自為皆。		悉口為鹹、凡口為同、亼口為合，字義同由於構造同。		

15 《論叢·說雲》

同義字	囩	沄	澐	芸	運	魂
意義	回	轉流	大波	可回生草	移徙	人氣升天
聲類	雲					
受名之故	雲受形義於回轉，雲孳乳之字亦含回轉義。					

16 《論叢·說繪》

同義字	襘			繪	檜	鄶	廥	膾	禬	膾	澮	儈	佸	括	話	桰
意義	會福祭	會發骨	日月合	會五采	松柏合	二水合	芻槀合	會合肉	領合交	會合兵	小水會	合市人	會	會	會合言	與弦會
聲類	會															
受名之故	會、音近，會聲、聲字多含會合之義。															

17 《論叢·說少》

同義字	杪	秒	眇	篍		刁	軺	沼	昭	鮡	珧		駣	鞉	窕	盜
意義	細枝	禾芒	目小	小管	小鳥	小船	小車	小池	小明	小魚	小蜃	小羊	小馬	小鼓	輕小	小人
聲類	少					刀	召			兆						盜
受名之故	少聲及音近之字刀、召、兆、盜含小義。															

18 《論叢·說｜》

孳乳字	囟			眞	顚	槙			隊		隤		脽		頓	隕	絸	崔	睢	蚩
意義	腦蓋	升高	登車	升天	登天	頂	木頂	卻	墜落	落下	下墜	下傾	下體	下體	下首	下落	上下	高	仰視	長尾
初文	｜（上行義）							｜（下行義）									｜（下上通）			
受名之故	｜以上行義孳乳之字皆有上義；｜以下行義孳乳之字皆有下義。																			

19 《論叢 · 釋㧏》、《論叢 · 釋髮》

同義字	㧏	芼	髦	苗	髮	茇	跋
意義	擇	擇	選	擇取	根	草根	本
聲類	毛				發		
受名之故	毛聲字多含選擇之義。發聲字多含根本之義。						

20 《論叢 · 釋皤》

同義字	皤	蕃鼠		繁	眅	
意義	老人白	白鼠	白鼠	白蒿	白眼	白眼視
聲類	番					
受名之故	番聲及音近之字多含白義。					

21 《論叢 · 釋比》

孳乳字	媲	妃	腓		駢		扉	扉	棐	斐		輩
意義	妃	匹	脛端	朏	旁馬	兩耕	戶扇	戶扇	夾輔	別文	多毛	塵土	百車
初文	比（二人義）		于人體		于動物		於器物			比（不一之義）		
			比（二義）									
受名之故	比有「二」義。以上各字分別為比之「二人」義、「二」義、「不一」義孳乳而來。											

22 《述林 · 釋麛》

同義字	兒	麛	鯢	棿	梛（棿）
意義	人之小者	小鹿	魚子	柱之小者	柱之小者
聲類	兒	耳	而		
受名之故	兒固有小義；麛從弭猶從兒；鯢、棿從而猶從兒。				

23 《述林·釋識》

同義字	識	織	膱	檮	殖		埴	值	悥
意義	識記	絲相黏著	黏著	黏著	黏脂	黏脂	黏土	相著	德著於心
聲類	戠					直			
受名之故	戠聲與其同音之字多含黏著之義。								

24 《述林·釋謙》

同義字	謙		槏	歉	溓	嗛	慊		欿	欺
意義	言不自足	小食	小戶	食不滿	小水出	少意	少	有所欲	有所欲	食不滿
聲類	兼							欠		
受名之故	欠有欠缺義；欠、兼音近，兼聲字多含薄小不足之義。									

25 《述林·釋衢》

同義字	衢		欋	戵		瞿
意義	四達	爪持	四齒杷	戟三鋒	兩刃分張	分張
聲類	瞿					
受名之故	瞿聲字有分張旁出之義；瞿從聲，聲字亦有分張之義。					

26 《述林·釋》

同義字		誹	詆	呧	柢	紙	譏	嘰	饑	蟣	柴	貲	誚	譙	謗
意義	相毀	誹謗	訶	苛	木根	沉滓	誹	小食	不熟	小蟲	小木	小罰	嬈譊	嬈譊	相毀
聲類	亞	非	氐				幾				此		小	焦	旁
受名之故	言人之惡謂之，言其非謂之誹，言其低下謂之詆，輕而小之謂之譏，或謂之呰，或謂之誚，薄之謂之謗，語源同，故字義同。														

27 《述林・釋琰》孳乳字

孳乳字	琰	剡	錟		睒	覢
意義	鋒芒	銳利	長矛	搔馬	暫視貌	暫見
聲類	炎（以火光有鋒芒孳乳）			炎（以火光之乍起乍滅）		
受名之故	炎之鋒芒義孳乳字有鋒利義；炎之乍起乍滅義孳乳字有暫時義。					

28 按《述林・釋嗌》

孳乳字	嗌	搤	縊	阸	咽	
意義	咽	手捉咽	絲系頸	陋	嗌	咽
聲類	益				因	
受名之故	嗌孳乳為搤，又孳乳為縊，嗌孳乳為咽、，咽孳乳為阸。					

29 《述林・釋弦》

同義字			譀	玅	牽
意義	急走	性急	急	急戾	弦急
聲類	弦省				
受名之故	弦引申有急義，弦孳乳之字亦有急義。				

30 《述林・釋又》

孳乳字	右	友	佑	左			縒	槎	傞		憜		陸	隋	鬌
意義	助	同志	助	左助	不正	不齊	參差	參差	衰斫	罪舞	嗞	廢田	不敬	相毀	敗城	裂肉	發墮
初文		又		左助義			□乖剌不正義								
受名之故	又之孳乳字多有助義；之孳乳字有左助義，又有乖左義。														

31 《述林·釋養》

同義字	養	□羹	□	羞	羨	□	羌	譱	羑	祥	美
意義	供養	五味	熟	進獻	貪欲	煮	牧者	吉	進善	福	甘
形（聲）	羊										
受名之故	以上皆從羊形而取其義者。						先民甘羊之食，故凡美善之字皆從羊。				

32 《述林·再釋介》

孳乳字	界		衸	齘	扴	疥	妎
意義	田界	門介	祜	齒相切	刮	搔	妒
初文	介						
受名之故	介以介間為義，從介諸字以介間之義孳乳。						

33 《述林·釋》

孳乳字		爾	籭	釃	庼	髏	簍	籔	漉
意義	窗交文	開明	竹器	下酒	空	骷髏	竹籠	漉米器	浚
聲類	□				婁				
受名之故	有空義，籭、釃假麗為；婁有空義，籔聲轉為漉。								

34 《述林·釋凵》

孳乳字	凶	臼	□（□）	呿	袪	胠
意義	象地穿交陷其中	掘地為臼，後穿木石	象飯器	開	衣開口	旁開口
形（聲）旁	凵		去			
受名之故	凵為坎之初文，象坎陷之形。去聲字多含開張之義。					

35 《述林・釋冂》

孳乳字	扃			央	帚	熒
意義	門外之關	橫木貫鼎	人在冂內	持巾掃冂	屋下之光
初文	從戶冋聲	從鼎冂聲	從介從冂	從又巾冂	從□從冂
受名之故	冂象扃形，從冂之字均和冂有關。					

36 《述林・釋簹》

同義字	簹		湍	團	等		摶	轉	環	槤	圜
意義	圓倉	圓器	圓水	圓	圓器	圓器	使圓	還	圓璧	圓案	天體
聲類	耑			專					睘		
聲義關係	耑聲字多含圓義；專與耑古音同，故專聲字亦多含圓義；從袁聲，故聲之字多具圓義。										

37 《述林・釋駿》

同義字	駿	俊	畯	鵔	狻	陵		獒			鼇	螯	傲	嫯
意義	良馬	人材	田官	野雞	獅子	高峻	駿馬	健	頭高	高犬	大龜	大	倨傲	侮□
聲類	夋						敖							
聲義關係	從夋聲之字皆含絕特之義；敖聲之字亦多含絕特之義。													

38 《述林・釋》、《述林・釋驃》、《述林・釋啟啟》

同義字				鶴	驃	縹	漂	犥		啟	啓	暋	棨
意義	白鳥	白牛	白額	白鳥	白尾	白帛	土白	白牛	開	開門	教	開天	開道
聲類	隹				票					啟			
啟聲義關	係隹聲字多含白義				票聲多含白義；廘從票聲，亦具白義。				啟聲之字多具開義。				

二　楊樹達《文字孳乳之一斑》孳乳字一覽表

文字孳乳（92組）											
能動孳乳(12)		受動孳乳(16)		類似孳乳(39)		因果孳乳(2)		狀名孳乳(10)		動名孳乳(13)	
主孳字	被孳字	主孳字	被孳字	主孳字	被孳字	主孳字	被孳字	主孳字	被孳字	主孳字	被孳字
兒		子	字	士	牡	分	貧	白	帛	引	靷紖
囟	恖	元	冠	匕	牝	介	齡妎	黑	墨	秉	柄
面	価	口	釦	天	巔			丹	旃	北	背
口		耳	珥	而	耐			高	膏	疑	嶷
又	右	嗌	縊	脣	湣			喬	橋	采	菜
巫	誣	手	杸	嗌	隘			安	案峯	戒	械
豚	遯	亦	掖	止	阯			空	控	畾	壘
豖	遂	止	企	呂	梠閭櫚			句	鉤筍	交	筊
雔	纍	獸	獸	皮	被			八			儌
帚	埽	羊	養	根	跟			九	馗尻	般	磐
白		臭	齅	枝	胑					飛	騛
湯	盪	曹	遭		脈					亾	盲
		朩	叔	國	楖					殺	鎩
		爵	醮	郭	梛鞹						
		品	臨	屋	幄						
				囷	菌						
				裵	萊						
				帶	蠆						
				圭	閨						
				丌	基						
				冊	柵						

文字孳乳（92組）											
能動孳乳(12)		受動孳乳(16)		類似孳乳(39)		因果孳乳(2)		狀名孳乳(10)		動名孳乳(13)	
主孳字	被孳字	主孳字	被孳字	主孳字	被孳字	主孳字	被孳字	主孳字	被孳字	主孳字	被孳字
				耒	穎						
				臼	舀						
				巢	轈						
				雲	䰟						
				莕	璜						
				母	姆						
				又	友						
				䕫	雜						
				絲	兹						
				束	策鏑						
				稑	季						
				熏	薰						
				囱	聰						
				簪兂	譖						
				扇	漏						
				間	潤						
				軍	暈						

三　楊樹達學術年

　　表轉引自劉夢溪主編《中國現代學術經典·楊樹達卷》，河北教育出版社，1996年。

　　1885年　　1年　　4月9日生於長沙北門正街宗伯司臣坊側之賃居。

1890年	6年	從其父楊孝秩（字翰仙）讀書。
1897年	13年	4月，入長沙北門外之湘水校經堂，學習算學、地理、英文等。10月考取陳寶箴、黃遵憲、譚嗣同等創辦的時務學堂，梁啟超任學堂中文總教習。
1898年	14年	8月，戊戌政變，時務學堂解散。
1900年	16年	入求實書院學習經史及算學。
1902年	18年	求實書院肄業。仿阮元《詩書古訓》體例，始輯《周易古義》。
1903年	19年	求實書院改為大學堂，先生去院家居，問經學于胡元儀。5月，應湖南省院試，名列第一。入校經堂肄業。
1905年	21年	湖南巡撫端方派留學生赴日本，與伯兄楊樹穀同被錄取。9月，入東京宏文學院大塚分校普通第二班學習日語。
1907年	23年	11月，宏文學院普通中學畢業。
1908年	24年	入正則學校學習英語。3月，考取東京第一高等學校預科。
1909年	25年	3月，東京第一高等學校預科畢業。8月，入京都第三高等學校學習。
1911年	27年	武昌起義，清廷官費停發，被迫退學回國，任湖南教育司圖書科科長。
1912年	28年	改任湖南圖書編譯局編譯員，兼任楚怡工業學校英文教員及湖南高等師範學院教務長。
1913年	29年	9月任湖南第四師範學校國文法教員。
1915年	31年	任省立第一師範學校國文教員。
1916年	32年	任省立第一女子師範學校國文教員。

1918年	34年	3月，輯《老子古義》。
1919年	35年	始撰《馬氏文通刊誤》及《中國語法綱要》。
1920年	36年	9月，至教育部國語統一籌備會任職，兼任北京師範學校國文法、北京政法專門學校日文教員。撰寫《國語辭典》之「編輯大例」、「採集方法大要」及有關辭條。10月，任女子高等師範學院附屬女子補習學校國文教員。12月，撰《韓詩內傳未亡說》。
1921年	37年	2月，任北京高等師範學校國文法教員。始撰《高等國文法》。3月，始撰《古書疑義舉例續補》。
1922年	38年	4月，始撰《詞詮》。11月，始撰《長沙方言考》。《老子古義》出版。12月，任教育部編審員。
1923年	39年	3月，任北京高等農業專門學校教員。6月，《國文法講義》編訖。9月，教育部改為名譽審定員。
1924年	40年	3月，任北京師範大學國文系主任。10月，取《荀子》「積微」二字名其居。
1925年	41年	2月，任教育部編審處編審員。3月，《漢書補注補正》出版。6月，《古書疑義舉例續補》刻成。
1926年	42年	9月，任清華大學國文系教授。12月，撰《孟子學說多本子思考》。
1928年	44年	1月，草《古書校讀法講義》。10月，《詞詮》出版。11月，《老子古義》增訂本出版。
1929年	45年	1月，梁啟超在京病逝，次月以弟子禮執紼送葬，並撰《時務學堂弟子公祭任公師文》。10月，撰寫《漢史探》。
1930年	46年	1月，撰《國文中之倒裝賓語》。《周易古義》出版。6月，日本學界以庚子賠款邀請，先後參觀日本及朝

鮮各大學和圖書館，並會見學界同人。7月，《高等
國文法》出版。

1931年	47年	2月，《馬氏文通刊誤》出版。3月，編次《長沙方言考》。6月，始草《漢俗考》。11月，撰《端方陶齋藏磚記跋》。
1932年	48年	4月，撰《漢書所據史料考》。5月，增補《古書之句讀》為《古書句讀釋例》。
1933年	49年	4月，《中國修辭學》出版。11月，《漢代婚喪禮俗考》出版。12月，《古聲韻討論集》出版。
1934年	50年	3月，《古書句讀釋例》出版。4月，《論語古義》出版。
1935年	51年	6月，「大學叢書」本《高等國文法》出版。10月，始撰《長沙方言續考》。
1936年	52年	6月，始寫《漢書窺管》。章太炎病逝，撰挽詞哀悼。
1937年	53年	2月，《積微居小學金石論叢》出版。7月。「盧溝橋事變」爆發後，舉家返湘。8月，應邀任湖南大學中文系教授。10月，隨湖大疏散至湘西。
1939年	55年	7月，始撰《春秋大義述》，闡述《春秋》「復仇」、「攘夷」大義。
1940年	56年	11月與曾運乾、黃子通發起《文哲叢刊》雜誌。
1941年	57年	1月，《文哲叢刊》出版，首期載其《讀〈甲骨文編〉記》。2月，整理《漢書窺管》。
1942年	58年	4月，獲教育部學術審議會著作二等獎。9月，為教育部部聘教授。
1943年	59年	2月，始著《論語疏證》，至4月初稿撰訖。8月，校

《文字學講義》。11月，校補《文字學》。12月，《論語疏證》石印本出版。

1944年	60年	1月，《春秋大義述》出版。11月，始寫《甲文蠡測》。
1945年	61年	2月，《甲骨文蠡測擷要》講義本撰成。4月，兼職國立圖書編譯館。
1947年	63年	7月，教育部學術審議會議決定部聘教授續聘。11月，湖南省文獻會擬修省志，聘請撰寫《藝文志》。
1948年	64年	3月，被選為中央研究院院士。4月教育部學術審議會決定授予楊樹達古文字研究得二等獎。至廣州中山大學、嶺南大學訪問講學。9月，赴南京參加中央研究院成立20周年紀念會及院士會議，會晤陳垣、傅斯年、餘嘉錫等舊友。11月，赴中山大學作短期講學。
1949年	65年	5月，自廣州返抵長沙。8月，教授會推舉先生等三人往見湖南省代主席陳明仁，促進和平。9月，人民政府接管湖南大學。應《民主報》之邀撰《實事求是》一文紀念全國首屆政協會議召開。
1950年	66年	2月，整理《金文說》粗訖。9月，始寫《積微翁回憶錄》。10月，被湖南省文物委員會聘為委員，被中國科學院聘為語言文字組專門委員。
1951年	67年	1月，《回憶錄》寫訖。9月，始重訂補《文字形義學講義》。當選新史學研究會理事。
1952年	68年	3月，校《甲文說》。6月，《中國語文》雜誌社聘為特約撰稿人。11月《積微居金文說》出版。12月，以人民代表身份出席湖南省第二屆人民代表大會第

一次會議。整理《積微居讀書記》，補撰《漢書窺管》。

1953年	69年	1月，任湖南省文史館館長。調至湖南師範學院任教。10月，校《卜辭瑣記》及《小學述林》。11月，獲《歷史研究》編委提名。中國科學院擬調進京。12月，《淮南子證聞》出版。
1954年	70年	2月，辭謝中國科學院進京之請。4月，《積微居小學述林》出版。6月，《積微居甲文說》出版。9月，校《高等國文法》。12月，中國人民政治協商會議第二屆全國委員會在京召開，被選為委員，因病未能出席。《耐林廎甲文說》、《詞詮》相繼出版。
1955年	71年	1月，《古書句讀釋例》出版。《中國修辭學》出版。2月，列席湖南省政治協商會議。當選湖南省人民代表大會代表，出席湖南省人大會議。3月，《論語疏證》出版。6月，當選中國科學院學部委員。出席湖南省人大六次會議。7月，《漢書窺管》出版。8月，《中國修辭學》改名《漢文文言修辭學》再版。任高教出版社特約編審。10月，在京參加國慶觀禮。參加中科院語言所舉辦的「現代漢語規範問題學術會議」。接受哲學所《鹽鐵論校注》、語言所《說文今語疏證》項目。11月，離京返湘。12月，箋釋《鹽鐵論》。
1956年	72年	1月，箋釋《鹽鐵論》。2月《鹽鐵論箋釋》初稿撰訖。14日，病逝。

後記

2001年，我扔下教鞭，負笈南遊，忝列王師彥坤先生門下。暨南園裡，日月湖畔，春華秋實6年整。碩士初探李善，博士專攻楊氏，於2007年草成蕪篇：《楊樹達訓詁研究》。自覺創獲無多，羞於示人；但念及生計，另為塞責，以之聊充學位論文，換得一紙頭銜。是年，我又重執教鞭，供職荔園。杜鵑山下，文山湖邊，星轉鬥移又6年。少了師長的包容，多了人事的紛擾。職級屢試不第，遂心生頹意，於是書紙蒙塵，其業荒疏，蹉跎了歲月。成毀之間，性隨使然！

今有廣東省哲學社會科學「十二五」規劃專案本專案已順利結題，鑒定等級為「優秀」；感謝匿名評審專家的殷切鼓勵。暨深圳大學學術著作出版基金資助，略作修補潤色，拙稿得以即將付梓。舊文去歲曾將獻，蒙與人來說始知。

業師士申先生，為教勤勉，治學謹嚴，處世淡泊，為人厚寬。其道德文章，不枝不蔓，唯仰止于高山。憶當年，漢語史諸學子，多來自他鄉，每逢佳節，先生不分門戶，均邀至府上，家宴豐盛，觥盞小飲，群生大快朵頤，其樂也融融；我學業不前，遂心身勞疾，先生攜師母光臨寒舍，摯意探看，禮物暖心，其情也切切；吾性乖情戾，張揚不羈，先生包容有加，雖語辭不多，身教多於言傳，其言也淳淳；先生雖沉于百忙，又再次撥冗通讀拙稿，並欣然賜序。王師審讀甚細至微，小至句讀脫訛，大至章節標目，都提出了建設性的意見。如第五章第一節之二，於「語義的發展——引申」下「同向引申」之標目，即是根據先生的意見而改；其餘勘正處甚多，茲僅舉一例：「關

於唐叔之封」一段文字，「《呂氏春秋》、《史記》均言以梧葉或桐葉而封」一句費解，似宜作「《呂氏春秋》、《史記》或言以梧葉或言以桐葉」（《呂氏春秋·重言》作「梧葉」，《史記·晉世家》作「桐葉」）。「梧桐一物高似桐，釋梧者以桐習稱耳」，原書標點及文字有誤，本當作「梧、桐一物。高以桐釋梧者，以桐習稱耳」，此針對高誘注「削桐葉」云云而言。「郭注皆雲即醒桐」，「醒」為「梧」字之誤。師恩浩蕩，永志不忘，唯願吾師：身體永健，學樹長藍。

曾氏昭聰，亦師亦友，碩博答辯，均親蒞賜教；曾師於我，提攜獎掖尤多：或贈私稿，或賜大作，金針度人，其情殷殷。朱師承平先生，傳道6載，授業多科，耳提面命，視若門下。師長熊焰先生、班弨先生、郭熙先生、伍巍先生，曩授余業，小學三科，語用之學，均獲益良多。

昔拙文提審，答辯之時，陳教授偉武先生、張教授桂光先生、孫教授雍長先生、曾教授昭聰先生、教授班弨先生，或大處匡正，或幽微指瑕，所受沾溉，唯有謝字，可表心意于萬一。楊樹達哲嗣、著名語言文字學家楊逢彬先生，家學淵源，祖孫相紹，巍然世家。洋洋萬言，慨然為序，平添亮色於拙著：不惟人論，更彰人文。同窗好友、著名書法家范功先生，枕寒揮豪，題寫書名；芳墨神晶，款款情深。同窗鄉賢秦氏曉華博士，交遊多年，切磋砥礪尤多；其專攻文字，拙著之古文字字形，多由他出。友情無邊，書紙有限，其他師友教益輔仁於我，不勝計數，恕不逐一具名，唯中心藏之。中山大學出版社嵇氏春霞副編審，為人作嫁，鼎力提攜，誠致謝忱；編輯陸崢甘為人梯，嚴謹敬業；訓詁雖非其術業專攻，但勘正訛誤，補闕疏漏，並不以訓詁之書佶屈聱牙為難，盡顯專業水準，令人感佩。

2013年9月初稿，2014年4月定稿

中華文化思想叢書 A0100033

楊樹達訓詁研究　下冊

作　　者　卞仁海
責任編輯　蔡雅如

發 行 人　陳滿銘
總 經 理　梁錦興
總 編 輯　陳滿銘
副總編輯　張晏瑞
編 輯 所　萬卷樓圖書股份有限公司
排　　版　林曉敏
印　　刷　百通科技股份有限公司
封面設計　斐類設計工作室

出　　版　昌明文化有限公司
桃園市龜山區中原街 32 號
電話 (02)23216565
發　　行　萬卷樓圖書股份有限公司
臺北市羅斯福路二段 41 號 6 樓之 3
電話 (02)23216565
傳真 (02)23218698
電郵 SERVICE@WANJUAN.COM.TW
大陸經銷
廈門外圖臺灣書店有限公司
　電郵 JKB188@188.COM

ISBN 978-986-94919-8-3
2017 年 7 月初版
定價：新臺幣 300 元

如何購買本書：

1. 劃撥購書，請透過以下郵政劃撥帳號：
　帳號：15624015
　戶名：萬卷樓圖書股份有限公司
2. 轉帳購書，請透過以下帳戶
　合作金庫銀行 古亭分行
　戶名：萬卷樓圖書股份有限公司
　帳號：0877717092596
3. 網路購書，請透過萬卷樓網站
　網址 WWW.WANJUAN.COM.TW

大量購書，請直接聯繫我們，將有專人為您
服務。客服：(02)23216565 分機 10

如有缺頁、破損或裝訂錯誤，請寄回更換

國家圖書館出版品預行編目資料

楊樹達訓詁研究 / 卞仁海著. -- 初版. -- 桃園
市：昌明文化出版；臺北市：萬卷樓發行,
2017.07
　冊；　公分. -- (中華文化思想叢書)
ISBN 978-986-94919-8-3(下冊 : 平裝)
1.訓詁學
802.1　　　　　　　　　　　106011171